광고의
불편한
진 실

De la misère humaine en milieu publicitaire
: Comment le monde se meurt de notre mode de vie
by Groupe Marcuse

광고의 불편한 진실

De la misère
humaine en
milieu
publicitaire
: Comment le
monde se
meurt de
notre mode de
vie

.Groupe Marcuse

—

마르퀴즈 그룹 지음
신광순 옮김

지성사

차례

본문에 앞서

파리 지하철에서 벌어진 광고 반대 시위

파리 지하철 내부에 게시된 광고를 더럽히는 기습적인 행위는 2003년 10월 17일 저녁에 처음 그 모습을 드러냈다. 잘 조직된 시위대는 특공대처럼 소리 없이 파리 시의 여러 곳에서 출발해서 지하철 플랫폼과 지하철의 모든 광고 게시물을 페인트와 매직펜으로 닥치는 대로 더럽혔다. 200명가량의 시위대는 광고가 '문화와 정신을 상품화' 하는 것을 고발했다. 며칠 후 광고 반대 사이트에는 11월 7일에 다시 모이자는 공고가 올려졌고, 이날 더 많은 사람들이 모였다.

메트로뷔스Métrobus는 퓌블리시스Publicis, 매출액 기준으로 세계 3, 4위 광고 회사의 자회사이며, 파리교통공사RATP의 광고를 담당하고 있다. 그런데 파리 지하철 내부에 게시된 광고가 하룻밤 사이에 엉망으로 더럽혀지자 메트로뷔스는 게시물을 더럽히자고 선동한 사이트stopub.ouvaton.org 운영자의 신원을 확보하기 위해서 ouvaton.org에 stopub.ouvaton.org를 만든 사람을 급속심리에 소환했다. 그리고 stopub.ouvaton.org 사이트를 즉시 폐쇄할 것을 요구했다. 법원은 11월 6일 문제의 사이트를 즉시 폐쇄할 것을 명령했고, 이 사이트는 폐쇄되었다.

새로운 모임이 소집된 11월 28일에는 많은 광고 반대 시위자들이 경찰에게 기습을 당해서 지하철 안으로 들어가지 못했다. 경찰에 의하면 300명 정도가 불심검문을 받았다. 메트로뷔스 사장인 제라르 웅게는 "이번에는 광고판 800개가 더럽혀졌는데, 지난번에는 3500개가 더럽혀졌었다"고 말했다. 그런데 12월 1일에도 광고 게시물이 더럽혀졌다고 그는 덧붙였다.

12월 초, 파리 법정의 급속심리 판사의 명령에 따라서 ouvaton.org는 광고 반대 사이트stopub.ouvaton.org의 운영자 두 명의 신원에 관한 정보를 메트로뷔스에 제공해야만 했다. 파리 지하철에 게시된 광고를 더럽히는 데에 동조하는 사람들에게 호소한 광고 사이트를 관리하는 사람의 이름은 더 이상 비밀이 될 수 없었다. 메트로뷔스는 위법행위를 조장한 것에 대해서 고소는 물론 손해배상을 청구할 수 있게 되었다.

제라르 웅게는 광고주에게 손해배상과 청소해야 할 것을 고려해서 훼손된 비용을 100만 유로로 추정했는데, 이 비용은 확정된 비용이 아니라고 덧붙였다. 제라르 웅게는 가처분 담당 판사의 결정ouvaton.org가 광고 반대 사이트의 운영자 두 명의 신원에 관한 정보를 메트로뷔스에 제공하도록 명령한 것에 만족해하면서, "이것은 즉흥적인 행동이라고는 할 수 없다. 의도적으로 파리 지하철에 피해를 주기 위해서 조직된 운동이다. 우리는 여기서 중대한 결과를 도출해낼 것이다"라고 말했다.

이 운동을 시작한 사람에 의하면, 비정규직노동자, 학생과 교사, 교수, 단순 동조자가 가담한 이 광고 반대 운동은 그 규모에 있어서 놀라운 일이었다고 한다. 이 운동은 광고업자들을 두렵게 하는 항의의 일환으로, '광고의 위협에 저항Résistance à l'agression publicitaire, 프랑스의 경치Paysages de France와 '사냥개 무리La Meute'와 같은 과다 광고와 성차별을 고발하는 단체를 본 딴 것이다.

12월 초에 파리 지하철에서 게시물을 훼손하고 나서부터 이 운동은 전국으로 확산되었다. 다양한 지역의 12개 도시에서 소규모의 여러 단체가 정기적으로 게시물, 특히 성차별적인 게시물을 공격했다.

이 '더럽히기' 운동에 타격을 받는 메트로뷔스와 광고물을 게시하는 회사가 걱정한 것은, 게시물이 언제 또다시 공격받을지 모른다는 사실이었다. 광고물을 게시하는 회사는 이 운동을 시작한 사람으로 알려진 로베르 존슨이라는 이름 뒤에 숨어 있는 사람의 정체를 알고 싶어 했고로베르 존슨이라는 이름은 이 운동의 인터넷 사이트에 의해서 알려졌다, 이것으로 광고 반대 운동이 끝나기를 바랐다.

2004년 1월 중순에 메트로뷔스는 현장에서 검문받은 62명의 민간인을 급속심리에 소환하기로 결정했다. 그들은 파리지방법원으로부터 2004년 3월 10일에 출두하라는 소환장을 받았다. 고소인은 자신이 손해 본 금액으로 추정되는 98만 유로를 연대책임하에 지불할 것을 요구했다. 이에 알렉상드르 파로 변호사는 "진행 중인 소송 절차에 의하면, 각자가 손해배상 총액을 갚아야 할 책임이 있다. 그런데 1000명이 함께 저지른 일에 대해서 특정인에게 책임이 있다고 하기는 어렵다"라고 말했다.

사법부를 통한 이 손해배상 요구와 관련해 '62명 집단'이라는 단체가 돈을 모으기 위해서 결성되었다.

파리의 지방법원은 3월 10일 '광고 반대' 소송을 방청하기 위해서 온 사람들을 입장시키는 데 많은 시간을 들여야 했다. 왜냐하면 파리교통공사와 파리교통공사의 광고를 담당하고 있는 메트로뷔스가 수차례에 걸쳐서 파리 지하철의 광고 게시물을 훼손했다고 급속심리로 소환한 62명이 거의 다 출두했기 때문이다. 더구나 10여 명의 변호사, 소환된 언론계 인사, 기자들로 법원은 북적거렸다.

파리 법정 앞에서는 '광고 반대'를 지지하는 50여 명이 시위를 벌였다. 그들은 "광고는 사람을 우둔하게 만든다. 바보, 멍청이 같은 소비자들은 깨어나라!"라는 패널을 들고 있었다. 반면 재판은 아주 조용한 분위기에서 진행되었는데, 청중들은 때때로 웃음을 참지 못했다. 이름을 부를 때, 급속심리에 소환된 사람 중 한 사람이 신용카드를 손에 들고 나타났는데, 파리교통공사와 메트로뷔스가 요구한 벌금은 무려 98만 유로였기 때문이다.

소환된 62명 중 50여 명을 혼자서 변호하는 아네스 페테 여자 변호사는 그들이 법을 위반했다는 말이 언급될 때마다 다음과 같이 말했다.

"거기에 있었지만 아무 일도 하지 않았다, 현행범이라는 사실이 증

명되지 않았다, 거기에 있었지만 낙서는 하지 않았다, 우연히 그곳에 있었다, 게시물을 훼손하지 않았다. 왜냐하면 지하철 플랫폼에 도착했을 때는 이미 더럽혀져 있었기 때문이다."

이 여자 변호사가 변호를 담당한 50여 명 가운데 죄를 인정한 사람은 없었다. 또 단 한 사람을 제외하고는 모든 사람이 지금까지 전과경력이 없다고 증언했다. 50여 명 중에 3명은 지하철에서 불심검문할 때, 파리교통공사와 메트로뷔스가 그들을 난폭하게 다루었다고 비난했다. 알렉상드르 파로 변호사가 변호를 담당한 4명은 2003년 말에 조직된 특공대처럼 광고를 훼손하기 위한 시위에 참여해서 광고 게시물을 훼손했다고 증언했다.

변호인단의 불참 전략에 대해서 파리교통공사와 메트로뷔스의 변호를 맡은 자크-앙리 콘 변호사는 즉시 반박하며 "2440개의 광고 게시물이 단지 5명에 의해서 훼손됐다는 것이 도대체 말이 됩니까?"라고 분노에 찬 목소리로 말했다.

사실심리를 마치고 재판장은 현재 진행 중인 시위에 대한 질문을 던지기를 요청했다. 그러자 콘 변호사는 "본 재판정은 사회에서의 광고의 역할에 대해 토론하는 곳이 아닙니다"라고 외쳤다. 결국 재판장은 광고 훼손을 변호하기 위해서 소환된 증인에게 발언할 기회를 주지 않기로 결정했다. 그런데 출석한 증인들이 언론의 관심을 끌었다. 재판정에서 발언할 기회를 얻지 못하자 광고업자였던 프레데릭 베그베데와 이탈리아인 올리베로 토스카니 두 사람과 '광고의 공격에 저항' 이라는 협회의 설립자인 이방 그라디는 법원 홀에 서서 카메라를 향해 자신들의 견해를 피력했다. 올리베로 토스카니는 충격 광고shockvertising, shock와 advertising을 한 단어로 만든 것를 창안한 베네통의 유명한 광고 기획자이다.

재판정에서 '광고 반대'에 대해 발언한 것은 파로 변호사였다. 그는 공공장소인 지하철 안에서의 광고를 비난했고, 공공 서비스인 파리교통공사의 이용자가 광고를 피할 수 없다는 점도 비난했다. 그리고 "시민으로서 말이 안 나온다. '지하철 안에서의 광고가 차지하는 위치'에 관한 토론을 왜 하지 않는가?"라는 불만을 토로했다.

변호인단은 메트로뷔스가 제시한 수치에 대해서 의문을 나타냈다. 메트로뷔스가 파리교통공사에 지불하는 광고 수입의 비율은 70퍼센트로 추산되는데, 메트로뷔스는 파리교통공사와 맺은 계약 조항에 대해 밝히기를 거부했다. 그리고 변호인단은 광고 훼손으로 손해를 본 금액에 대한 자세한 내역이 없는 것에 대해서도 질문했다. 3시간의 심문 후에 재판장은 재판을 마쳤다. 재판장은 4월 28일에 판결을 내리기로 결정했다.

이런 법적 절차를 밟으면서 메트로뷔스와 파리교통공사는 여론을 환기하고, 더 이상 지하철 내부의 광고를 훼손시키지 않기를 바랐다. 파리교통공사는 이 문제를 거론하기 위해서 협박이 아닌 다른 수단을 사용하려고 노력했다. 2004년 3월 8일, 재판이 시작되기 이틀 전에 파리교통공사는 다음과 같은 홍보작업으로 맞불을 놓았다.

파리교통공사는 파리 지하철역 중 24개 역에 47개의 패널을 준비했다고 리베르테자유 지하철역에서 알렸다. 그리고 열흘 동안 이 역에서는 자유롭게 자신의 의사를 표현할 수 있다고 말했다. 그래서 지하철역 카트르 셉탕브르9월 4일의 플랫폼 끝에 있는 흰색 패널은 승객들의 글로 뒤덮였다. 거기에는 '3만 개의 패널 중에서 겨우 47개의 패널밖에 낙서할 곳이 없나?' 와 같은 글이 적혀 있었다.

파리교통공사는 또한 73퍼센트의 승객들이 지하철역에 광고가 있는 것이 더 보기가 좋다고 생각한다는 여론조사 결과도 공개했다. 비록 73퍼센트의 승객이 지금은 그렇게 생각한다고 할지라도 광고 반대자들은 자신들의 생각을 알릴 수 있는 기회를 갖고 있다. 그들의 광고 반대 사이트는 누구에게나 개방되어 있기 때문이다.

© 신미리

2008년 8월 콩코르드 역 지하철 내부 풍경(엑스 자로 표시한 것은 2003년 파리 지하철에서 벌어졌던 광고 반대 시위 당시의 모습을 나타내기 위해 재구성하였다).

광고 반대 성명서

인터넷 사이트의 단순한 폐쇄2003년 11월 6일 www.stopub.ouvaton.org가 법원으로부터 폐쇄 명령을 받은 것을 의미한다 이상으로 우리가 깊이 생각해야 하는 것은, 우리에게 압력을 넣는 것이 주는 의미이다. 세계화의 신자유주의의 이념을 힘으로 공격하면서, 광고 정지Stopub 운동은 민감한 부분에 손을 댔다. 이 민감한 부분은 현대 경제 체제가 기반을 둔 실제적인 토대이다.

현대의 모든 경제 체제는 서로 앞 다투어 '유일한 행복은 소비에 있다'고 주장한다. 다국적 거대 기업을 몰아내고, 사람과 환경이 모든 제도의 중심에 자리 잡게 되는 새로운 사회의 시대가 시작되는 기회를 우리는 그냥 날려버릴 것인가?

〈리베라시옹Libération〉 신문이 보도한 것처럼 150명이 아니라, 적어도 500명이 13개로 조직되어 금요일 저녁 파리 지하철에서 시위에 참여했다. 여기에 그 광고 정지 선언문이 있다.

| 광고 공간을 되찾기 위한 호소

"교수, 교사, 실업자, 연구원, 비정규직, 병원 근무자, 고고학자, 공무원, 학생, 건축가, 도시 설계사, 컴퓨터 종사자인 우리는 엄숙하게 우리의 소유권을 다시 쟁취하기 위한 행동에 참여할 것을 호소한다. 프랑스에서 나날이 악화되고 있는 사회보장제도, 교육에 관한 지방분권제도, 은퇴제도의 개혁, 사회보장제도의 개혁, 정부 부처의 인원 감축은 우리의 공공재산을 체계적으로 해체하는 것이다. 이제 학교는 장사꾼에게 내주게 될 것이다. 의료제도는 빈부에 따라서 여러 등급으로 나뉘게 될 것이다. 의학은 다국적의 지적 재산의 먹이가 될 것이다. 공장에서 찍어낸 듯한, 대중을 위한 규격화된 문화가 출현할 것이다. 세계무역기구 WTO에 의해서 평등과 사회적 권리는 교역에 방해가 된다는 이유로 우리 사회의 기초를 이루고 있는 원칙인 평등, 사회적 권리는 점진적으로 사라질 것이다.

이미 예고된 것처럼 우리의 공공 서비스를 장악하려는 것에 직면해서, 우리는 다음과 같이 공개적으로 선언한다. 광고라는 상품화의 연료를 공개할 것이라고. 광고는 우리의 공공장소인 거리, 지하철, 텔레비전를 침범한다. 광고는 우리의 옷, 벽, 텔레비전 어디에나 있다. 창조적이고, 평화적이고, 적법한 방식으로 광고에 저항하자. 우리는 다음과 같이 제안한다. 우리가 살고 있는 도시와 시골의 광고판을, 환경을 해치지 않고, 의미를 부여하면서, 사람들을 놀라게 하면서, 하나씩 모두 가리자고.

도시와 시골 여러 곳에서 10명이나 20명씩 소규모 단위로 모이자. 이 세상을 사유화하는 것에 대해서 집단적이고 즐거운 항의의 표시로 공공장소를 우리가 차지할 수 있도록 모이자.

우리는 모든 사람이 우리와 합류하기를 촉구한다. 정신의 상품화, 문화의 상품화 그리고 세상의 상품화에 반대하는 투쟁에 참가하기 위해서.

오는 목요일에 시위가 예정되어 있다 2003년 11월 13일, 6시경, 생 드니의 유럽 사회 포럼.

우리는 사고력을 상실하고 생존권이 죽는 것과 교환되는 세상에 살기를 원하지 않는다.

(협력 사이트 : 광고의 위협에 저항, 광고 정지 http: // linuxfr.org / 2003 / 11 / 10)

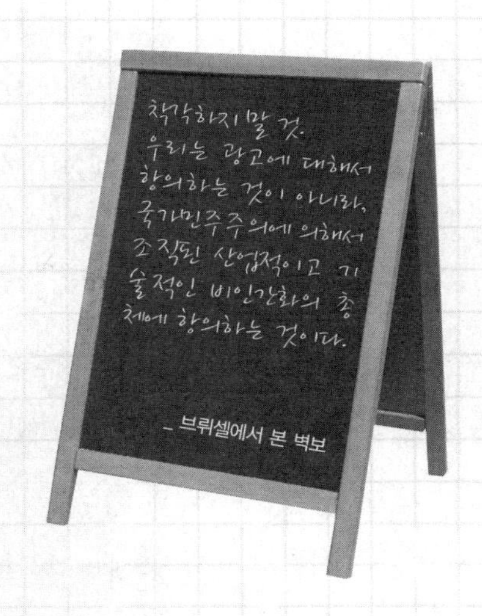

1960년대에 어떤 광고업자가 이렇게 말했다.

"우리를 보는 사람들의 시선이 곱지 않다. 하지만 사람들은 광고가 저주스러울 정도라는 것까지는 아직 모르고 있다."[1]

그 후로도 상황은 전혀 달라지지 않았다. 대부분의 사람들은 광고가 어떻게 해서 움직이고 있는지 거의 알지 못한다. 거대한 광고 카탈로그로 변하고 있는 공공장소에서 매일같이 광고와 맞닥뜨리고 있는데도 말이다.

사람들이 이처럼 광고 체계시스템에 대해 무지한 이유는 쉽게 설명할 수 있다. 정보를 전달하는 대중매체가 자신들에게 아낌없이 재정적 후원을 하고 있는 광고업체의 내막을 은밀히 보호하고 있기 때문이다.

2003년 가을, 파리의 여러 곳, 특히 지하철 안에서 광고 벽보를 가리고 찢는 시위가 벌어졌는데, 기자들은 이 일을 특종으로 보도했다. 이

일련의 시위는 광고가 어느 곳을 가든지 있다는 것, 많은 사람들이 광고에 반감을 가지고 있다는 것을 널리 알리기 위한 것이었다.

"남의 빵을 먹는 사람은 빵 주인이 즐겨 부르는 노래를 부른다."

이러한 이유로 광고 체계를 지지하는 매체와 반대하는 매체 사이에서 오갔던 내용은 그 이전에 누구도 광고가 나쁘다고 말하지 않았던 상황과 별반 달라지지 않았다. 광고의 사회적 기능, 광고가 이용하는 관심사, 광고비의 엄청난 증가 등을 분석해봐야 아무 소용이 없다. 어차피 일반 사람들은 광고 벽보를 가리고 찢는 이유가 무엇인지 알지 못할 것이다. 그 대신 '광고 반대anti-pub' 시위를 두고 건설적이지 못하다거나 모순이 많다고 이러쿵저러쿵하면서 은근히 트집을 잡는 소리만 듣게 될 것이다. 이를테면 광고를 반대하는 사람들의 일관된 논리를 꼼꼼히 살펴보지도 않은 채 "무정부주의자, 여성해방운동가, 환경운동가, 반자본주의자가 뒤죽박죽 섞여 있으니 뭔들 제대로 하겠어?"라고 반문하는 식이다.[2]

| 광고 반대 행동을 훈계조로 회유하기

일반적으로 광고 행위의 정당성에 문제를 제기하지 못하게 하기 위해서는 이미 정치적으로 옳다고 결론이 난 주제를 들고 나와 상투적인 훈계를 늘어놓으며 사람들을 혼란스럽게 만드는 방법을 사용한다. 예를 들어 여성의 신체를 지나치게 선정적으로 광고에 이용하는 문제를 들고 나오는 경우가 그렇다. 또 광고가 어린이에게 나쁜 영향을 끼치는 문제를 이야기할 때 그것이 특별히 마음 약한 어린이에게만 문제가 될 수 있는 것처럼 암시하기도 한다. 이것이 미디어에 익숙한 지식인들이 논쟁에 임할 때 사용하는 방식이다.

어느 경박한 철학자는 "광고가 부도덕하지는 않다고 해도 어쨌든 도덕성이 없고, 자칫 외설로 흐를 수 있다"고 강조했다.[3] 논문의 일부였던 이 훈계조의 글은 광고검증위원회BVP, 책임 있는 광고를 만들기 위해 모인 광고업자들의 민간조직으로, 모임의 취지에 맞게 자율 규제로 운영된다 인터넷 사이트에 실릴 정도로 커다란 호응을 얻었다. 그런데 이 논문은 이중적으로 사용될 수 있는 두 가지 관점을 나타낸다. 먼저 보수주의자들에게는 광고업자들이 해결하기 어려운 '윤리적 한계'에 대한 우려를 표현함으로써 안심을 시키는 반면, 광고 반대 운동에 참여할지도 모르는 잠재적 동조자들에게는 광고를 반대하는 행동들이 도덕적 질서로 돌아가겠다는 위협이 될 수도 있다고 암시하기도 한다.

바로 이때에 철학자를 가장한 능수능란한 야바위꾼이 광고 반대 행위가 불합리하다는 것을 지적하겠다고 나선다. 이 야바위꾼은 지하철에서 있었던 광고 반대 시위가 '즐거움을 증오'하기 때문에 일어난 일이라고 설명한다. '영상image과 물질corps에 반대하는 전쟁'을 선포한 광고 반대주의자들은 이슬람의 히잡을 찬성하는 사람들[4]과 마찬가지로 병적인 충동에 사로잡혀 있을 것이라고 주장한다. 이쯤 되면 무슨 말을 하려는지 분명해진다. 광고 없는 인생은 너무 슬퍼서 살 가치가 없다는 것이다. 그리고 광고에 불만을 품은 사람은 탈레반들이 사는 곳에 망명을 하면 되고, 광고와 히잡 중에서 하나를 선택해야 한다고 주장하기도 한다.

이때부터 논쟁의 좌표가 결정되는데, 광고에 반대하면 '우울한 도덕주의자'가 되는 것이고, 찬성하면 '자유로운 쾌락주의자'가 되는 것이다. 사람들은 이 문제를 두고 토론이 교훈적이 될 것인가 그렇지 않을 것인가에 주목했다. 결과적으로 이 토론은 교훈적이지 않은 것이 되었는데, 그것은 지하철에서 광고 반대 시위를 이끈 정치적 동기를 전혀 언급하지 않았기 때문이다. 이 논쟁은 광고 시스템 그 자체를 문제 삼지 않고, 광고의 과잉만을 문제로 다루며 진행되었다.

이런 관점에서 광고업자들의 주간지인 《스트라테지*Stratégies*, 전략》에서 광고인들이 한 말은 많은 것을 시사한다.[5] 12월 초, 프랑크 타피로라는 사람은 '늑대'를 조심하라고 외치면서, 도발적이게도 소비 사회를 문제로 삼는 '이상주의'를 고발한다. 이것을 두고 광고인들은 애써 스스로를 위안한다. 그들은 자신들이 문제의 표적이 된 것을 인정하지 않았는데, 그것은 지하철에서 있었던 광고 반대 시위에 대해 '정작 공격한 것은 광고가 아니라 상품을 마구 만들어내는 사회 구조'라고 생각했기 때문이다. 그들이 진실을 있는 그대로 받아들이는 것은 상당히 불편한 노릇이다. 왜냐하면 광고 반대 시위의 원인이 단순히 광고가 너무 많다는 것뿐만 아니라 광고 시스템의 근본적인 문제에 있기 때문이다. 그래서 다른 무리의 광고쟁이(**pubard**, 저자가 새로 만들어낸 말로서 사전에는 등재되어 있지 않다. 프랑스어의 어미 **ard**가 경멸적인 의미를 지니기 때문에 여기서는 '광고쟁이'로 번역함—옮긴이)들은 자신들의 죄를 고백해 사람들을 달래면서 지하철 광고 반대 시위의 파장을 줄여보려 했다. 타피로의 거만함에 자지러지게 놀란 광고인들은 심지어 "광고 반대 운동이 우리 광고인들이 반성의 기회로 삼는 데 도움이 될 수 있기를 바란다" 고 말하면서 건전한 광고 반대 운동에 동의하기까지 한다. 이러한 행동은 광고라는 업종이 오래전부터 지켜온 원칙을 보여준 것이었는데, 여기서 그 원칙이란 소비자를 바보 취급하지는 않되 소비자가 바보라는 사실을 절대로 잊지 않는다는 것이었다.

그래서 어떤 광고인들은 대중에 대한 깊은 멸시감을 드러내는 말들을 하기도 한다. 그들은 타피로에게 광고 반대 시위가 타피로가 생각하는 정도로 그렇게 급진적인 것은 아니라고 말한다. 덧붙여 광고 반대 시위는 단지 '시각적, 청각적 오염에 대한 지긋지긋함을 표현' 한 것뿐이고, 광고를 반대하는 사람들이 추구하는 이상향이 있는 것도 아니라고 강조한다.

"어쨌든 광고업자들이 계속해서 소비자들을 얼간이로 취급할 수 있을 것이라고는 생각하지 않는다."

광고인들은 이 모든 문제의 원인이 자신들에게 있다는 듯 말하는 척하지만, 사실 그들의 이상향은 자신들이 목동이 되어 소비자라는 송아지들을 전 세계의 광대하고 기름진 들판으로 내모는 것이다.

하지만 이번만큼은 그 송아지들이 단단히 마음을 먹었다. 이미 모두가 인정한 광고 반대 시위의 동기를 은폐하기 위해 단순히 '광고의 과잉' 이 문제인 것처럼 축소하려고 드는 사기꾼들에게 발언권을 빼앗기지 않을 태세를 취한 것이다. 사실 광고 반대 시위의 동기에는 '광고 정지'

를 주장하는 여러 사람들이 뜻을 모은 '광고 공간을 되찾자는 호소'가 담겨 있다. 우리의 공공재산을 체계적으로 해체하는 신자유주의운동과 상품화의 연료 역할을 하는 광고를 공개적으로 고발한다. 벽보를 모두 검정색 페인트로 칠한 것은 바로 이런 이유 때문에서였다. 물론 광고 반대 시위가 이 일을 별로 아름답지 못한 장면에 초점을 맞추려는 지식인들을 막아내지는 못했지만, 그래도 제대로 된 질문을 던지면서 문제의 핵심을 보여주고 있다.

| 광고의 과잉에 대한 문제 제기에서 시작해서 광고의 근원에 관한 문제까지

몇몇 광고인들이 여성을 성적 대상으로 취급하는 방식에 지나치게 의존하는 것을 두고 '탈선'이라고 문제 삼는데, 그런 논쟁은 결국 도덕적 훈계로 끝이 나고 만다. 이런 결과는 여론을 반영한 것이다. 대체로 사람들은 광고 '전체'를 놓고 깊이 생각해보려 하지 않는다. 광고 '하나하나'를 따로 놓고 평가하려고 하다 보니 결국은 '괜찮은 광고'와 '지나치게 나쁜 광고'를 분류하는 쓸데없는 일을 하게 된다. 그렇게 되면 사람들은 늘 '그다지 흉하지 않은', '그다지 거짓이 아닌', '그다지 성차별적이지 않은' 광고를 발견하게 될 것이다.

이런 식으로 합의가 이루어진 모든 견해는 논쟁해야 할 것을 처음부터 전제로 내세우는 논점선취의 오류에 기초를 두고 있다. '부도덕한 과잉'에 초점을 맞추면서, 암묵적으로 '광고' 자체는 의심하지 않고 받아들이는 것이다. 광고의 충격적인 남용을 찾아낼 필요가 없기 때문에 광고에 대한 심층적인 분석을 해야 할 필요조차 없게 된다. 결국 광고가 존중해야 할 윤리적인 한계들을 따져보는 일만 남는데, 그러다 보면 광고가 잘못된 것이 아니라는 애초의 편견을 인정해주는 셈이 되고 만다. 그런데 광고의 역사를 조금이라도 안다면, 광고는 내용추문, 사람 끌어모으기으로나 분량반복 방송, 대량 유입으로나 항상 남용과 과잉에 기초를 두고 있다는 것을 발견하게 된다.

광고업자들은 그런 사실을 잘 알고 있다. 잠재적 고객의 관심을 끌고, 그들의 머리에 자신들의 메시지를 각인시키기 위해서는 충격을 주고, 귀에 못이 박히도록 끊임없이 메시지를 쏟아부어야 한다. 여기서 모든 광고계 압력단체, 그러니까 국제광고협회IAA, 표준광고를 위한 유럽연합프랑스어로 하면 '광고 윤리를 위한 유럽연합'인데 참으로 의미심장하다, 광고검증위원회가 '윤리적 자율 규제'를 주장하는 것은, 엄격한 법적 제한이 광고업자들에게는 치명적이라는 것을 잘 알기 때문이다. 프랑스의 국제광고협회 회장이 말한 것처럼 광고는 '체감적 수익 시스템'이다.[6] 광고가 많을수록 각 메시지의 영향력은 감소한다. 그래서 광고가 보다 효과적으로 대중을 사로잡으려면 규범을 어겨야 하고, 이전에 도달했던 한계를 끊임없이 넘어서야 한다. 하지만 현실을 직시하지 않는 무신경한 낙관주의자들은 광고의 이러한 변화를 알아차리지 못한다. 1952년에 이미 『광고의 충격적인 역사*The Shocking History of Advertising*』라는 책이 나왔다.[7] 그리고 1883년부터 에밀 졸라는 "물건을 대량으로 판매하려고 야단법석을 쳐서 사람들은 귀가 아프고, 광고 전단은 신문과 벽을 도배하고 있

다" 면서 대형 상점들의 반복적인 광고를 비난했다.[8]

현재 일어나고 있는 광고의 탈선이 최근에 새롭게 나타난 현상이고, 그저 단순히 탈선에 지나지 않는다고 믿는다면 틀림없이 장님이거나 기억상실증 환자일 것이다. 광고를 광고의 과잉과 따로 떼어서 생각할 수는 없다. 이유는 아주 단순하다. 광고는 과잉에 의해서만 효과를 볼 수 있기 때문이다. 그러니까 도덕주의자들이 고발하는 '광고의 과잉으로 생기는 기능 장애' 란 사실 광고의 정상적인 기능의 일부이다.

광고에 관한 논쟁의 초점을 '비도덕적인 과잉' 에 맞추면서 문제를 축소시키려 한다고 비판하는 것은, 과잉의 문제가 중요하지 않다고 생각하기 때문에 그런 것은 아니다. 문제는 그러한 태도가 사람들을 회유하는 출발점이 되기 때문이다. 비도덕적인 광고 과잉에 대한 문제 제기 방식은 광고의 근거와 원칙에 관한 문제는 무시하면서 광고의 남용에 대해서만 상식 수준에서 대수롭지 않게 비판하도록 만든다. 또 청교도적인 이유 때문에 광고 반대 운동을 하는 것이 결코 아닌데도 청교도적 이유가 광고 반대 운동의 이유인 것처럼 비난하는 빌미를 제공한다. 광고인들, 그들에게 의존하는 미디어들 그리고 그것에 혹하는 단순한 사고방식을 지닌 사람들은 이런 식으로 광고 반대 운동의 이유 있는 항의를 회피하는 데 성공했다. 이것에 대해 일간지 〈리베라시옹〉은 드러내놓고 만족스러워했다.

"비판은 남에게 해를 끼치지 않는다. 비판함으로써 비판하는 이유가 다양해질 때는 더욱 그렇다."[9]

철학자 코르넬리우스 카스토리아디스가 오래전에 깨달았던 것처럼, 광고업자가 윤리적인 담론에 열광하는 것은 그들이 '누추한 옷을 가리는 겉옷'[10]만을 주로 강조하기 때문이다. 사실 어떠한 문제에 대해 그것을 '윤리적 일탈'로 국한시키는 것만큼 문제의 근본 원인을 감추기에 좋은 방법은 없다. 도덕주의자들은 광고장이에게 훈계를 할 수 있고, 광고장이들은 스스로 비판할 수 있고, 또 광고검증위원회라는 기관을 내세워 더욱 엄격하게 '자율 통제'를 하겠다고 약속하는데, 정작 광고검증위원회는 "별로 검증할 만한 것이 없다"고 자화자찬하고 있다![11] 그러므로 미리 짜놓은 각본대로 진행된 연극의 막이 내리면 무대 뒤에서 배우들은 자축하느라 바쁘고, 관객은 안심하고 집으로 돌아가 잠을 청하기만 하면 그뿐인 것이다.

| 광고가 자부하는 중립성

애드버스터Adbusters협회, 광고의 파괴자Casseurs de pub협회를 설립한 사람, 그리고 광고를 극단적으로 비판하는 책을 저술한 사람들이 바로 전직 광고업자[12]라는 사실은 우리를 의아하게 만든다. 놀라운 것은 광고업계를 떠난 후 그곳의 시스템을 고발하는 광고업자가 연이어 나오고 있다는 사실이다. 자세한 내용을 모르고 여러 가지 상업적 기술에 대해 알고 있는 사람은 대수롭지 않게 여길지도 모른다. 그러나 우리들 중 몇몇 사람처럼 마케팅 학교를 나오게 되면, 인간의 감성을 지키려는 사람들에게 있어 미디어를 통해 광고 반대 행동을 회유하려 드는 움직임이 역겨울 수밖에 없다. 그래서 우리는 광고가 즐거움도 주고, 정보도 준다고 여전히 믿는 사람들에게 기본적인 몇 가지 진실을 알려주어야 한다고 생각한다.

사람들은 광고가 어떤 기관 개인기업, 공공기관, 정당을 위해서 상품을 알리고 많이 팔기 위해 사용하는 공정한 방식이고, 여러 가치에 따라 좌우되는 단순한 도구라고 알고 있다. 그러나 실상은 아주 다른 모습을 지니고 있다.

실제로 누가 광고에 의지하는가? 규정에서 벗어나는 것만 감시하는 검열관들이야 당연히 이런 일반적인 질문을 할 필요가 없다. 그들은 특별히 문제가 되는 광고만 찾아내면 그만이다. 하지만 문제점은 광고를 하는 주체가 바로 거대 기업들이라는 것이다. 2000년 현재 프랑스에서는 27개 기업이 광고시장의 20퍼센트를 차지하고 있다. 그리고 1000개 미만의 기업이 80퍼센트를 점유하고 있다.[13] 현재 프랑스에 240만 개 기업이 있다는 것을 생각하면 전체 기업의 0.001퍼센트가 광고시장의 20퍼센트를 차지하고 있으며, 전체 기업의 0.04퍼센트가 광고시장의 80퍼센트를 점유하고 있는 셈이다.

결국 경쟁에 있어 주도권을 쥔 몇몇 기업을 위해 광고가 존재하는 것이다. 기업은 광고를 이용해 모든 경쟁 기업들을 제압한다. 그러니까 대규모 유통업체가 영세 상인을 누르고, 다국적기업의 기업 연합이 지역 기업을 누르는 형국이다. 원칙적으로 광고가 누구에게나 개방되어 있다고 하지만 실제로 광고는 경제적으로 강한 회사만이 가질 수 있는 무기이다. 이 책에서는 광고의 그 엄청난 공세를 문제 삼을 것이고, 광고업자에게만 비난의 화살을 돌리지는 않을 것이다. 광고업자들은 누구도 통제할 수 없는 경제적인 추진력을 가진 해로운 자본과 자본가의 기수일 뿐이기 때문이다.

상품과 가치에 관한 중립성 역시 현실을 제대로 알게 되는 순간 온데간데없이 사라지고 만다. 중요한 것은 상품의 판매 촉진뿐이고, 그렇지 않은 경우는 거의 없다. 그리고 상품에 개인주의적이고 물질주의적인 가치를 강조하며 찬사를 쏟아낸다. 중립성은 어쩌다 부차적으로 다른 가치들을 들먹이기도 하는데, 이는 대체로 다른 가치들을 밀어내기 위해서일 뿐이다. 광고는 그것이 상품이든, 국가적 차원의 대의명분이든, 판매를 촉진시키는 데 기여할 뿐이다. 광고의 목표는 소비자로 하여금 어떤 행동에 참여하게 하는 것이 아니라, 어떻게든 고객이 지갑을 열도록 부추기는 데 있다. 예외가 있다면 구매자가 원래 사려던 것 말고 다른 물건을 사게 만드는 정도이다.

| 산업 사회에서의 광고 시스템

광고는 마케팅의 무기이며, 무엇이든지, 누구에게나, 수단과 방법을 가리지 않고 파는 기술이다. 더 정확히 말해서 커뮤니케이션 차원의 마케팅이다. 특히 미디어라는 수단을 통해서 컴' Com'의 원형原型을 형성한다(com'은 프랑스에서 커뮤니케이션의 약어로 사용됨—옮긴이). 그래서 광고에 대한 비판은 마케팅과 컴'에 대한 비판으로 이어져야 한다. 이 세 가지 재앙을 합쳐 '광고 시스템'이라고 한다. 이 시스템은 산업자본주의에서 나왔고, 산업자본주의는 매스미디어에 돈을 대고, 매스미디어 내용의 방향을 결정한다. 문제는 광고가 사람들을 바보로 만드는 것에서 끝나는 것이 아니라 미디어에 의한 정보 왜곡과 산업적 황폐화로 이어진다는 것이다. 따라서 광고에 대한 환상을 품어서는 안 된다. 왜냐하면 광고는 광고 시스템이라는 빙산, 더 자세히 말해서 큰 바다에서 튀어나온 얼어붙은 빙산의 일부분으로, 상품 사회와 상품 사회의 파괴력 증가라는 문제점을 안고 있다. 우리가 이러한 시스템과 사회를 비판하는 것은 우리의 잘못된 삶의 방식으로 인해 세상이 죽어가고 있기 때문이다.

광고는 근본적으로 소비자중심주의(소비자consumer라는 영어에서 나온 소비자중심주의consumerism는 프랑스어로 consumérisme이다. 보통 소비자중심주의는 소비자의 이익을 옹호하기 위한 운동을 의미하는데, 최근에는 소비 사회와 관련된 인식 체계를 의미한다. 이것은 재화의 소비가 결정적인 중요성을 지닌다는 관념에서 유래하며, 포스트모더니즘과 직접 연관되어 있다. 그래서 소비자중심주의는 환유법에 의해서 소비 사회로 불리며, 20세기 말부터 환경 단체나 광고를 반대하는 운동가들로부터 격렬하게 비판을 받고 있다. 이 책에서는 소비자중심주의를 이런 의미로 사용하게 될 것이다—옮긴이)를 전파하는 효과가 있다. 또한 과소비에 초점을 맞추고, 생산제일주의를 생활방식의 기초로 삼기 때문에 사람과 천연자원을 점점 더 많이 고갈시키게 된다. 우리가 상품을 소비하는 만큼 자원은 줄어들고, 쓰레기, 공해, 노동은 늘어나서 우리를 더욱 황폐하게 만든다. 소비자중심주의는 이렇게 세상을 황폐하게 하고, 물질적 · 정신적 사막화를 불러오고, 더욱더 인간적으로 살기 힘든, 더 나아가 생존하기 힘

든 세상으로 만든다. 사막이 되어버린 세상에서 육체적으로, 정신적으로, 사회적으로, 도덕적으로 인간이 겪어야 하는 비극은 점점 확대된다. 상상의 세계는 점점 위축되고, 관계는 비인간화되고, 연대감은 산산이 부서지고, 인간적 능력은 상실되고, 자율성도 사라지고, 정신과 육체는 획일화된다.

광고의 세계(이하 '광고계'로 통일) 속 인간의 비극은 어디를 가나 보게 되는 광고가 칭송하는 피폐한 인생을 의미하는 동시에 광고계 자체의 비극을 의미한다. 광고계는 시장 경제 사회가 겪고 있는 도덕적 빈곤을 풍자적으로 보여준다. 그래서 우리는 광고장이들이 하는 말을 넘치도록 인용할 것이다. 광고장이들이 지닌 파렴치함은 번드르르한 말을 일삼을 수밖에 없는 직업적 특성의 일부라 할 수 있는데, 그들 중 몇몇이 자랑하는 것처럼[14] 프레데릭 베그베데의 소설 못지않은 묘사를 보여주면서 누구도 반박할 수 없게 만든다. 그런 면에서 지금도 왕성하게 활동하고 있는 광고업자 프랑수아 비엘레의 말들은 백번 천번 맞는 말이다. 그렇다면 그들은 자신의 직업을 어떻게 정당화시킬 수 있을까?

"광고는 소비를 촉진하기도 한다."

이 말은 광고의 많은 부분이 조작되고 있다는 것을 암시하는데, 광고장이들은 이를 부인하지 않는다. 왜냐하면 누군가가 뒤에서 조종하지 않고서야 어떻게 하찮고 해로운 상품을 쓸데없이 재생산하는 것과 같은, 자발적으로는 하지 않을 일을 억지로 남에게 하도록 하겠는가.

마키아벨리가 말했듯이 목적은 수단을 정당화시킨다. 비엘레는 광고의 조종에 관하여 동의의 뜻을 나타냈는데 그 이유는 다음과 같다.

"소비를 활성화시키고, 경제를 돌아가게 한다는 것은 언뜻 듣기에 비난할 만한 것은 아니다." [15]

물론 이 말은 광고에 관한 수많은 말들의 근거를 만들어주는 격언이다. 또 모든 정치가들이 마치 합창을 하듯 조속히 재림하기를 간절히 바라는 메시아와도 같은 경제 성장을 자극하는 것은 분명 필요한 일이다. 우리 삶의 환경에 끔찍한 결과를 초래함에도, 어느 누구도 부인하지 않는 경제우선주의의 편견을 우리가 용인한다면 사실 광고는 반드시 필요한 것이고, 거기에 이의를 제기하는 것은 대단히 어려운 일이다. 그러나 낭비와 과잉 생산이 지배하는 우리 사회에서 물질적 생존이 더 많이 생산하려는 의지에 의존하여 더 많이 생산하려는 의지가 정당화된다면, 불합리하고 무책임하고 위험한 전제를 기반으로 한 여러 문제가 발생하게 된다. 우리의 필요에 따라 이뤄지지 않고 목적 그 자체가 되어버린 경제 성장은 그 문제점에 대해 우리가 뒤늦게 알아차리기 시작할 즈음에는 무엇보다도 공해와 불평등의 성장이 되고 만다.

광고는 필연적으로 황폐한 세상의 징후이면서 세상을 그렇게 만든 요인 중의 하나이다. 광고는 이중으로 세상을 황폐하게 만든다. 광고는 공산품을 과소비하도록 부추기면서 황폐해지는 경제의 발전을 조장한다. 이것이 첫 번째 황폐화이다. 그런데 그 결과를 감추기 때문에 우리가 최악의 상황을 피하기 위해 하루 빨리 조치를 취해야 한다는 것조차 깨닫지 못하도록 만든다. 이것이 두 번째 황폐화이다. 이러한 이유로 광고는 철저한 비판의 대상이 되어야 한다. 그러기 위해서는 광고의 뿌리까지 거슬러 올라가 분석해봐야 한다. 어쩌면 현명함과 지나친 관대함의 차이를 알고, 비판 정신과 미디어에 의한 합의를 분별할 수 있는 사람은 명백하게 눈에 보이는 광고의 과잉을 고발하는 것만으로 만족할 수 있을지 모른다. 하지만 광고의 뿌리까지 거슬러 올라간다면 아주 흔하게 일어나는 광고의 횡포, 특히 여성을 지나치게 성적으로 상품화하는 폭력을 행사하는 이유를 이해할 수 있을 것이다. 앞으로 다룰 내용에서 광고와 함께 사는 삶과 광고에 반대하는 이유에 대해 이야기하겠지만 누구도 광고를 피해 갈 수는 없다.

end

가식과 의미심장한 은유 사이에서

광고쟁이들은 두 가지 상반되는 요구에 고민한다. 먼저 자신의 유능함을 내세워 자신이 소비자의 구매 결정에 영향을 미칠 수 있다고 광고 의뢰인을 설득해야 한다. 그렇지 않으면 기업은, 광고하는 데 공연히 돈만 들인다고 생각하여 광고를 포기할 것이다. 또 다른 고민은 소비자들을 설득해야 하는 점이다. 왜냐하면 광고가 효과적이라면 소비자의 욕구와 행동을 통제하게 될 것이고, 대중은 자신을 조종하려는 광고의 의지에 저항할 것이기 때문이다. 어떤 프랑스 사회학자는 광고업자에 대해 이렇게 말했다.

"대중을 향한 선의로 빛나는 얼굴이 있고, 광고주를 닮은 교활하고 공격적인 또 다른 얼굴이 있다."[16]

그러나 광고업자가 한 입으로 두 말을 하는 것은 우리로서는 다행스러운 일이기도 하다. 광고쟁이들끼리 주고받는 말을 듣기만 해도 그들이 대중에게 끊임없이 헛소리를 늘어놓고 있다는 것을 알아차릴 수 있으니 말이다.

1958년에 올더스 헉슬리는 '연상을 통한 설득'을 경고하고 나섰다. 이 광고 기술은 칭찬하고 싶은 어떤 대상을 그 사회에서 모두가 가치 있다고 인정하는 것과 연관 짓는 것이다.

"판매를 늘리려고 할 때, 불도저에서 이뇨제까지 어떤 것이든 여성의 아름다움과 연결 지을 수 있다."[17]

광고업자는 바로 이런 고전적인 방식을 사용한다. 목소리만 들어도 눈앞에 떠오르는 배우의 미소와 함께 광고업자들은 자신들의 일이 '예술'이고, '정보'이고, '커뮤니케이션'이며, 심지어는 '새로운 문화'라고까지 공공연히 말한다. 광고의 정당함을 주장하기 위해 횡설수설하는 광고업자들의 말을 분석해보면, 그들은 우리에게 전혀 다른 해석의 접근을 제시한다. 마치 궤변론자들처럼 사냥과 전쟁을 연관시키는 것이다.

광고는 새로운 예술인가, 새로운 문화인가?

광고쟁이는 사람들이 예술을 한다고 생각해주었으면 하고 바라지만, 예술가들은 광고 만드는 것을 바라지 않는다. 물론 예술가들 중 몇몇은 광고 시스템과 협력할 수밖에 없겠지만왜냐하면 예술과 달리 광고는 꽤 돈벌이가 되니까 그렇다고 그것을 자랑하는 일은 거의 없다. 왜냐하면 예술과 광고가 서로 다른 목표를 갖고 있기 때문인데, 어떤 때는 그 목표가 전혀 상반된 것일 때도 있다. 이것은 라디오에서 큰 소리로 떠드는 광고를 듣기만 해도 충분히 이해할 수 있는 일이다.

예술이 미를 추구하는 반면 광고업자는 미를 철저하게 상업적인 목표를 달성하는 하나의 수단으로만 생각한다. 물론 보기 흉한 광고의 홍수 속에서 멋진 벽보나 잘 만들어진 짧은 텔레비전 광고를 찾아낼 수도 있다. 그러나 그런 광고의 아름다움은 그 자체가 목표는 아니며, 단지 주의를 끌기 위한 수단일 뿐이다. 광고업자들은 예술 잡지에는 '교양 있는 독자들' 이라고 규정한 목표 대상의 마음에 들기 위해 예술적인 노력을 할 테지만, 할인 카탈로그에는 저속하고 요란한 사진으로 '어리석은 대중' 이라고 규정한 목표 대상인 고객의 시선을 끄는 것으로 만족할 것이다.

예술의 목표가 깊이 생각하게 하는 것이라면, 광고업자들의 목표는 반응을 이끌어내고, 고객을 단골손님으로 만들기 위해서 생각을 하지 못하게 가로막는 데 있다. 예술이 인간의 수준을 향상시키는 것과는 반대로 광고는 사람들을 바보허튼소리하기, 멍청이이미지로 매혹하기, 변태성욕자성적인 부분을 내세우기 수준으로 끌어내린다. 광고는 사람들을 교양 있게 만들기는커녕 산업 시스템에 억지로 끌어들이기 위해 문화적 전통과 단절시킨다. 광고는 '새로운 문화' 가 아니다. 광고는 고상하고 지적인 문화는 물론 대중문화마저도 제거하기 때문에 반反문화이다. 또한 세계의 문화적 다양성을 평준화시키는 일종의 세뇌이다.

현 시대에 예술은 독자적이어야 한다고 생각하지만예술을 위한 예술 광고는 모방이라고 생각한다. 예술적 창조는 한 개성의 자유로운 표현으로 여기는 반면 상업 분야의 입안자는 '입안자créatif' 라는 새로운 용어에 힘입어 자신들이 흉내 낸 것을 고백하면서도 예술가이기를 자처한다. 그들은 고객지원담당자의 지시를 엄격히 따르면서 광고업자의 이미지를 만들어야 한다. 게다가 상업 분야의 입안자는 광고 회사 전체 직원의 25퍼센트를 차지하는데, 프랑스의 경우 약 2500명이 있다. 커뮤니케이션 전체 분야에서 일하는 31만 7000명의 직원과 비교한다면[18] 상업 분야의 입안자는 1퍼센트도 안 된다.

중세의 예술적 창조가 봉건제도의 권력과 종교에 활용된 것과 같이 현재 광고가 산업에 활용되고 있는 것이라고 반박하는 사람들도 있을 것이다. 그러나 바로 이런 이유 때문에 사람들은 미학적 창조가 현대에 독립적인 영역으로 형성되기 전에 (엄밀하게 미에 대한 문제로 이어지지 않는) 예술에 관해서 언급하기를 주저한다. 그리고 중세와 비교하는 것은 단순화한다는 약점은 있지만 그래도 광고를 이해하는 적절한 방식이 되기도 한다. 말하자면 상표라는 새로운 봉건적인 힘과 소비자 중심주의라는 종교에 활용되는 이미지의 총체가 바로 광고인 것이다.

냉소적이지만 솔직한 광고업자 베르나르 카틀라의 저서의 서문 집필자는 광고를 '새로운 예술'이라고 소개했다. 그런데 카틀라는 이 말을 부인한다.

"여기서 예술은 환상일 뿐이고, 상상 속에서 제품을 전파하는 구실일 뿐이다."[19]

보기 흉한 '사업business'을 왜 하는지 변명하는 일은 그들에게 대단히 중요한 일이다. 예술을 전공한 한 역사가의 말에 따르면, 광고가 예술을 그렇게 자주 멋대로 가져다 쓰는 것은 단순히 창조성의 결핍을 보충하려는 의도도 있지만 무엇보다 오명을 씻기 위해서이다.[20] 광고는 미술적 의미로는 예술이 아니고, 하나의 직업이며, 기술이고, 그런 의미에서 '기교'이다. 다시 말해서 왜곡된 정보를 제공하는 기교일 뿐이다.

정보인가, 포맷 작업인가?

넓은 의미로 보면 정보를 제공하는 것은 메시지를 전달하는 것이다. 그런데 이 메시지가 잘못되면 정보를 왜곡하게 된다. 좁은 의미에서 정보를 제공하는 것은, 기자들이 하는 것처럼 현재 벌어지고 있는 사건을 사실에 기초해서 지식을 전달하는 것이다. 광고업자들은 광고의 일차적 기능은 사람들에게 '정보를 제공하는 것' 이라고 주장하면서, 따지고 보면 자신들이 기자나 다를 바 없다고 말한다. 또 광고의 폭발적 증가에 대한 규제에 반대하며 광고 표현의 자유까지도 주장한다. 그러나 기자들은 광고를 하는 것이 금지되어 있다. 저널리즘의 기본 이상理想은 이 세상에서 벌어지는 일을 알리는 데 있다. 권력기관이 숨기고 싶어 하는 것을 폭로하고, 무엇보다 비판적 역할을 담당하는 것이 중요하다. 광고는 이 두 가지 이상이 원래의 길을 벗어나는 데 중요한 역할을 했다. 광고 자체가 이 두 가지 이상을 완전히 뒤엎는 것이기 때문이다. 에릭 베르네트는 자신의 직업을 상투적인 선전 구호와 다름없는 말로 다음과 같이 정의했다.

"광고는 한 조직에서 나온, 일정한 방향성을 가진 커뮤니케이션 과정이라고 정의할 수 있다. 커뮤니케이션의 내용은 어떠어떠한 제안이나 사실이 있다고 고객에게 알려주는 것을 목표로 하고, 메시지를 보내는 쪽이 더 높은 평가를 받도록 하는 방식으로 이루어져 있다. 그렇게 해서 고객이 제품이나 서비스를 좋아하고, 구입하도록 설득하는 것이 광고 커뮤니케이션의 최종 목표이다."[21]

이처럼 광고의 최종 목표는 정보를 주는 것이 아니다. 광고는 고객으로 하여금 구매 욕구를 이끌어내기 위해 그 물건을 좋아하게 만들고, 메시지를 전달하는 쪽의 가치를 높여주며, 부정적인 평가는 언급하지 않는다. 이는 진실을 밝히기 위해 고군분투하는 소비자 단체와는 전혀 다른 입장이다. 당연히 광고는 홍보하려는 물건에 대한 찬사를 아끼지 않는다. 광고는 비싼 광고를 할 만큼 충분한 자본을 지닌 경제권력, 정치권력을 섬긴다. 그러므로 광고의 역할은 일반 대중이 덮어놓고 믿고 싶어 하는 거짓말을 전파함으로써 경제권력, 정치권력의 권위를 높이는 데 있다.

원칙적으로 저널리즘이 정보를 제공하고 비판하는 기능을 지니는 데 반해서, 광고는 상업적이고 변명하는 기능밖에 없다. 기자의 조상이 교양 있는 사상가라면, 광고쟁이의 조상은 단골손님을 감언이설로 속여

싸구려 물건을 팔아먹으려고 애쓰는 장터의 어릿광대라고 할 수 있다. 어떤 광고업자들은 '뜨내기 장사꾼의 재주'에 자극을 받은 나머지 자신들이 과거 '거리의 약장수'[22]의 후예라고 주장하기도 한다.

정보를 제공한다는 자부심은 광고 전단지가 본래 이런 취지에서 발생하게 되었다는 점을 떠올릴 때만 납득할 수 있다. 광고를 맨 처음 싣기 시작한 신문의 창립자인 에밀 드 지라르댕은 1845년에 광고 안내문이 갖추어야 할 사항을 명확하게 정해놓았다.

"어느 거리, 몇 번지에서, 어떤 물건을, 어떤 가격으로 판매한다."[23]

이것이 1세대 광고의 '광고 문구'이다. 이것은 알림 체계의 확장을 나타낸다. 돈을 내고 출판물에 게재한 설명서에는 판매 중인 다양한 상품의 특징이 자세히 소개되어 있었다.

지금의 광고와는 분명히 다르다. 이런 선전 광고가 사심이 없었다고는 말할 수 없겠지만 주로 팸플릿의 맨 앞이나 뒤에 몰아서 정보를 제공했고, 적어도 공장에서 제조한 상품을 장인匠人이 만든 제품으로 가장하지는 않았다. 한편 이제는 사회 전반에 걸쳐 커다란 비중을 차지하는 광고의 경우, 제품의 '본질진정한 품질, 추문과의 연루……'과 '이력어디서, 언제, 누가 만들었다……'을 이야기할 때 자칫 잠재적 고객의 기분을 망가뜨리게 되는 경우가 아주 빈번하다. 때문에 오늘날 광고의 역할은 이런 좋지 못한 것을 감추는 데 있다고 해도 과언이 아니다. 베르네트의 지적처럼, 정보는 기껏해야 공급의 존재를 놓고 이야기할 뿐이다. 어떤 상품이 나왔다고 알릴 때 그것이 정말 무엇인지, 어디서 온 것인지는 말하지 않는다. 예를 들어 코카콜라가 자신의 존재를 알리기 위해서 광고를 한다면 누가 믿겠는가?

개인적인 짧은 공지를 제외하고 오늘날 지라르댕의 광고 원칙을 따르는 광고는 아무것도 없다. 광고업자들도 그것을 인정한다.

"대체로 요리조리 잘라내고, 늘 편파적인 정보를 선택한다……. 광고의 목표는 정보를 주는 데 있는 것이 아니라 원래 전혀 관심이 없었던 제품과 상표에 관심을 갖게 하고, 갖고 싶은 욕망이 생기도록 하는 데 있다." [24]

과잉 생산이 절정에 달한 현대 경제에서는 고객들이 필요한 물건을 찾는 것이 아니라 상품이 고객들을 쫓아다니고 있다. 고객들을 '소비자'로 변형시켜야 하기 때문이다. 이와 관련해 몇몇 경영자는 심지어 '엄청나게 소비하는 새로운 종족' [25]을 생물학적으로 만들어내는 상상을 하기도 한다.

커뮤니케이션인가, 집요하게 공격하기인가?

어떤 사물에 붙은 이름이 그 사물을 받아들이는 방식이 된다는 점을 광고업자들은 알고 있다. 그래서 실은 자연성분이 아닌 화학성분 탈취제에 '나튀렐naturel, 자연적인'을 연상시키는 '나트렐'이라는 이름을 붙인다. 광고업자들은 이러한 원칙을 광고에 적용시켰다. 파블로프의 조건반사 이론이 널리 알려지면서 선전 광고 전단réclame이라는 말은 좋지 않은 인상을 주게 된다(어원적으로 '요구하다'를 의미하는 réclamer에서 유래—옮긴이). 결국 이 낡은 용어는 광고publicité라는 새로운 이름에 자리를 내주게 된다. 광고라는 말은 공공public 재산을 연상시키기 때문에 긍정적인 의미로 받아들여진다. 광고에서 유일하게 공적公的인 것은 괴롭힘을 당하는 대중public이다. 사실 광고주, 광고업자, 광고를 싣는 매체 관계자 등등은 모두 개인 사업자로서 공적인 성격은 지니고 있지 않다. 이렇게 해서 광고는 현실을 뒤집는 데 성공한다.

그러나 광고업자들은 또다시 『1984년』이라는 조지 오웰의 공상소설에 나오는 '노브랑그(novlangue, 반체제적 사상의 표현을 불가능하게 하고, 국가에 대한 모든 비판을 회피하는 것을 목표로 하는 언어의 어휘적, 통사적 단순화를 의미 — 옮긴이)' 의 원칙을 이용해야 했다. 광고는 여러 비판과 함께 이번에는 용어에 있어 부정적인 의미를 갖게 된다. 이로 인해 1973년에 들어서 광고업자들의 모임은 '커뮤니케이션 대행 협회' 로 이름을 바꿨다. 이런 식으로 가다 보면 몇 년 후에는 '광고란' 이 '진실란' 으로 바뀌는 날이 올지도 모르겠다!

'커뮤니케이션' 이란 용어를 사용하면 정보 교환과 나눔이 연상되는 이점이 있다. 그러나 광고와 컴' 에는 생각과 생각이 만나지도 않고, 생각을 나누지도 않는다. 오로지 이미지만을 강요할 뿐이다. 이런 일방적인 유사類似 커뮤니케이션은 상업적, 정치적 관료들이 대중 앞에서 요란스럽게 떠들어대는 찬사로 가득 찬 독백일 뿐이다. 파렴치한 특권층의 후원으로 광고업자들이 만든 광고는 광고에서 벗어나길 원하는 대중을 덮친다.

왜냐하면 일상에서 접하는 광고 전단은 누구도 요구하지 않았기 때문이다. 베르네트가 지적한 것처럼 광고는 특별한 커뮤니케이션 형태이다. 그런데 광고와 관계를 맺고 있는 여러 사람들은 그것을 동일한 방식으로 받아들이지 않는다. 다시 말하자면, 기업에는 정말로 필요하지만 소비자들은 오히려 광고를 피하려고 한다.[26] 지금은 상황이 훨씬 더 심각하다. 프랑스인들은 광고가 매년 증가하는 것을 대대적으로 거부했다. 1967년에 '경쟁 관계에 있는 상표들의 개별적인 광고' 도입에 호의적인 반응을 보인 프랑스인은 17퍼센트에 불과했다1967년 이전에는 예를 들어 유제품처럼 관련 제품 전체만 광고할 수 있었고, 경쟁하는 개별 상표가 따로 판매 홍보할 수 없었다. 1985년에는 70퍼센트가 텔레비전에서의 정치 광고를 반대했다. 광고계의 성경이라고 할 수 있는 『퓌블리시토르*Publicitor*』에 보면 1976년에는 52퍼센트가 단호하게 광고에 적대적인 반응을 보였고, 겨우 8퍼센트만이 호의적이었다. 광고계의 교황이라고 불리는 자크 세겔라도 1990년에 프랑스인의 75퍼센트가 광고를 혐오한다고 썼다.[27]

그러나 광고가 대중을 집요하게 괴롭히는 것은 사람들이 광고를 회피하려고 하기 때문이다. 매 순간 전혀 원치 않는 압박을 하는 그 행위에 딱 들어맞는 용어가 바로 광고라는 말이다. 심지어 "광고는 강간이다"[28]라고까지 말하는 사람도 있다. 보수주의자들은 이 말이 과장되었다고 생각할 것이다. 하지만 정작 광고장이들은 사람들의 '기억을 뚫고 들어갈 방법'[29]을 찾고 있다.

카틀라는 광고가 상대방의 의견을 들으려고 하지 않고 자기 이야기만 하는 이상한 커뮤니케이션이고, 의식과 언어보다 낮은 수준에 머물러 있다는 점을 인정했다.[30] 물건을 사는 것으로만 대답을 할 수 있는 광고의 제안이라는 것은 사실 최면술에 가깝다. "여기서 물건을 사! 이것을 마구 쓰라고!" 하는 식의 명령을 전달하기 위해서는 우선 의식을 잠재워야 한다. 광고 시스템은 커뮤니케이션이라는 말과 원래 그 말이 가지고 있는 의미를 떼어놓으면서 커뮤니케이션의 개념을 자기 것으로

만들어버렸다. '광고가 커뮤니케이션이라면 프로파간다propaganda, 선전 활동도 커뮤니케이션' 이라고 말하는 것과 같은 이유에서이다. 선전하는 사람들 역시 자신들이 예술, 정보, 그리고 그 밖의 분야에서 일하고 있다고 자부했다.

사람들을 설득하는 교묘한 방법

광고업자들은 사석에서 자신들이 영향력을 행사하고, 정보를 왜곡한다고 말한다. 하지만 우리가 그런 사실을 공개적으로 비난하면 그들은 소비자들은 속아 넘어가지 않으며, 예나 지금이나 자유롭게 선택한다고 힘주어 말한다. 그것은 자유주의 이데올로기의 핵심적인 신념에 대해 주장하는 것과 다르지 않다. 다시 말해서, 사고 싶은 물건을 자유롭게 선택한다는 의미에서 '고객은 왕'이니까 시장은 '민주주의'와 같은 역할을 한다고 할 수 있다. 그리고 마케팅 담당자marketer와 광고업자는 고객의 충실한 하인이고 충직한 조언자인 셈이다. 그들은 우리에게 '마케팅 정신'은 '소비자의 만족을 최우선'[31]으로 생각하는 마음가짐이라고 진지하게 설명한다.

하지만 그것은 궤변이다! 이리저리 바쁘게 고객의 주위를 맴돌며

박애주의자 행세를 하는 광고업자는 기업을 위해서 일한다. 모든 수단을 동원해서 '왕'의 결정을 통제하려고 애쓰는 것이 그들의 역할인 것이다. 광고업자들끼리는 마케팅을 "어떤 조직이 자신이 관심을 기울이고 있는 대중의 태도와 행동에 영향력을 행사하여 자신의 목적을 달성하는 데 유리하도록 만들려고 동원하는 모든 수단을 모아놓은 것"[32]이라고 정의한다. 이런 면에서 광고업자는 고대의 궤변론자와 비슷하다고 할 수 있다. 궤변론자는 전문적으로 배후에서 일을 꾸미는 사람이었는데, 민주주의를 강탈하려 했던 당시 권력층에 설득하는 기술을 팔았다. 설득한다는 것은 사람들의 생각을 바꾸는 것이다. 토의하고 있는 주제를 놓고 설득력 있게 자기주장을 펴려면 플라톤이 『고르기아스*Gorgias*』에서 밝힌 것처럼 청중의 비위를 맞추고 살살 달래주기만 하면 된다(고르기아스 BC 483-376, 고대 그리스 철학자, 궤변론자—옮긴이). 그러려면 먼저 사람들이 무슨 말을 듣고 싶어 하는지 미리 알아내 신임을 얻을 만한 말을 꾸며내야 한다. 요즈음에는 이런 것을 '시장 조사, 여론 조사'라고 부른다. 궤변술은 군중을 유혹해서 그들의 동의를 얻는 변론 기술이다. 그리고 그렇게 하기 위해서 고귀한 감정이든, 저속한 감정이든, 감정에 호소하기도 하고, 선동하기도 하는 등 수단과 방법을 가리지 않는다.

설득은 언어를 오로지 도구로만 생각하는 태도를 기본으로 한다. 이때 사람들은 말의 의미보다는 말이 가지고 있는 환기시키는 힘을 사용한다. 광고업자들은 진실 따위는 안중에도 없다. 그들은 자신들이 하는 말의 효력과 신뢰도 그리고 대중의 동의를 얻으려고 노력하지만 그

말이 사실인지 아닌지는 상관하지 않는다. 광고업자들은 이런 태도로 인문학의 모든 분야를 이용한다. 사회학, 심리학, 정신분석학, 기호학, 언어학, 그리고 최근에는 인지과학까지 그들이 이용하는 분야는 범위가 넓다.

'아첨하기, 마음 사로잡기, 영향력 행사하기'는 모든 광고업자들이 행동 지침으로 삼는 중요한 말이다. 광고는 사회적 설득이고, 사람들의 맹목적인 믿음을 이용한다. 또한 대중이 기대하는 것이 무엇인지 알아내고, 팔아치워야 할 싸구려 물건을 귀에 솔깃한 말과 감언이설로 그럴듯하게 포장하는 메시지를 만들어낸다.

"광고의 철칙은 소비자에게 아첨하라는 것이다."[33]

시장 경제를 신봉하는 자유주의자들도 똑같은 원칙에 기대고 있다. 왕으로 떠받들겠다는데 이보다 더 듣기 좋은 말이 어디 있겠는가?

고객 사냥에서 마케팅 전쟁까지

고객을 왕으로 떠받드는 것은, 사생결단을 하고 달려드는 경제 전쟁에서 기업의 가장 중요한 자원이기 때문이다. 그러니까 이 모든 일은 짐승을 사로잡기 위한 것이다. 고객은 왕이 아니다. 늑대에게 양이 필요하듯이 고객은 기업이 살아남기 위해 필요한 먹이다. 하지만 소비자는 모든 포식동물들의 식욕을 만족시킬 만큼 넉넉한 물자가 아니다. 그렇기 때문에 포식동물들의 생존은 먹이를 충분하게 끌어들일 수 있는 능력이 있느냐 없느냐에 달려 있다. 포식동물이 살아남으려면 먹이들을 단골손님으로 만들고, 말 잘 듣는 젖소로 길들일 수 있는 능력도 있어야 한다. 베르네트의 말을 들어보자.

"광고는 상품이 소비자의 마음에 들도록 가장 끌릴 만한 방식으로 상품을 소개하려고 애쓴다. 그러다 보면 때로는 관심을 끌 목적으로 없는 사실까지 보태 과장하기도 한다."[34]

베르네트의 말에는 세 가지 주목할 것이 있다.

첫째, 짐승을 잡기 위해 덫을 놓을 때 사용하는 먹음직한 미끼와 사냥감이 있는 사냥하는 그림을 연상시키는 점이다. 광고는 '미끼새 사냥'과 다름없다. '미끼새'는 새를 올가미로 유인할 때 사용하는 도구이다. 예전에는 속아 넘어가는 것을 '미끼새appeau에게 잡힌다'라고 표현했는데, 요즈음에는 '판panneau으로 떨어진다'는 표현을 사용한다. 여기서 '판'은 물론 광고판을 의미한다. 18세기에 쓰이던 '선전 광고 전단réclame'이란 명사는 새를 유인할 때 쓰는 '새피리pipeau'라는 뜻으로도 썼다. 광고는 소비자중심주의라는 덫에 걸려들게 하려고 던져놓은 미끼새일 뿐이다.

둘째, 여성들은 베르네트의 말이 지닌 중요성을 정확하게 판단할 것이다. 여성들은 대체로 광고업자의 입에서 나온 말이 무엇을 의미하는지 안다. 어떤 상품이 되었든 가리지 않고 선정적인 요소를 담아내는 것이 광고업계의 가장 오래된 전략이다. 광고는 소비 욕구가 없는 소비자에게는 비아그라와 같다. 때문에 새피리는 암컷의 소리를 흉내 내 수컷을 유인할 때 사용하는 피리라는 것을 잊지 말아야 한다.

셋째, 광고를 할 때 때로 과장을 하기도 한다는 말은, 광고업자 스스로 광고는 언제나 과장이 심하다고 솔직하게 고백한 셈이 된다.

광고업자들은 군대에 관한 은유를 즐겨 사용한다. 이러한 은유는 정보를 주는 것이 아니라 '목표 대상'에게 '충격'을 가하는 것이다. 목표는 개인이 아니라 고도의 기술로 만든 '무기'를 사용해 '상대의 빈틈'을 공략하는 것이다. 메시지는 '엑소세(exocet, 프랑스어로 '날치'라는 뜻. 프랑스가 개발한 저공비행 미사일로, 1980년대 포클랜드 전쟁 때 아르헨티나에 판매한 엑소세 미사일이 영국 구축함을 침몰시켜서 유명해졌다—옮긴이) 미사일'이다. 광고업자들은 '군사작전'을 전개하고, '적진 돌파'를 감행해서 방어선을 무너뜨린다. 그리고 마침내 영토를 차지한다. 대중은 대화의 상대가 아니라 '작전이 펼쳐지는 현장'이고, '대규모 전투'에서 반드시 이겨서 내 것으로 만들어야 할 목표물이다. 광고는 스스로를 이 '대규모 전투'에서 '없어서는 안 될 강력한 무기'라고 주장한다.

군대와 광고의 유사점은 전투적인 마케팅marketing warfare 또는 공격적인 마케팅의 이론적인 토대가 되었다.[35] 1980년 11월, 파리에서 '전투적 마케팅'에 관한 회의가 열렸다. 여기서 도대체 적은 누구인가, 라는 문제를 두고 논쟁이 벌어졌다. '소비자의 마음이 바로 전쟁터다'[36]라는 원칙에서 문제의 해답을 찾으려는 사람들은, 소비 욕구를 지닌 고객의 마음은 광고가 무너뜨려야 할 적대 세력이며, 고객은 패권을 장악하려는 기업의 목표에 짓눌려 있다고 설명한다. 그러나 진정한 적은 소비자 자체라고 말하는 사람들도 있었다. 그래서 수많은 상담을 의뢰받는 마케팅 전문가 조르주 슈토쉰은 2002년 칸느 에어 포럼에서 이렇게 말했다.

"고객은 적이다! 단골손님으로 만들기 위해서 고객을 무장 해제시켜야 하고, 포로로 만들고, 주도권을 잡아야 한다."

그는 또 "고객은 환자이고, 유치한 행동을 하는 아이들이다…….

고객을 알카트라즈 증후군(알카트라즈는 샌프란시스코 만의 작은 섬으로, 그곳에 있는 교소도는 절대로 탈출할 수 없는 교도소의 대명사로 불린다. 슈토쉰은 알카트라즈 증상이라는 용어를 만들어서 소비자가 광고로부터 탈출할 수 없다는 느낌을 주자고 강조한다—옮긴이)에 시달리도록 만들어야 한다!" 라고 덧붙였다.

모든 전쟁이 그러하듯 상표 전쟁은 단계적으로 확산된다. 그래서 광고가 마치 암처럼 퍼져나간다고 해도 그리 놀랄 만한 일은 아니다. 이 암은 전이를 거듭하며 사회 구석구석까지 경제적으로 지배하게 된다.

광고는 암이다

여러 전문서적 중에서도 광고를 정의하는 문제는 끝없는 논란거리였다. 광고를 정의하는 수백 개의 말 중 일맥상통하는 핵심 사항이 있는데, 그것은 광고의 목표가 판매를 위해 영향력을 행사하는 것이라는 점이다. 여기서 목표를 이루기 위해서 사용하는 방법과 매체는 그 범위가 다양하다.

좁은 의미로 보면 광고는 다섯 가지 대중매체를 돈을 주고 사용한다. 광고업자들은 각각의 매체에 각기 다른 장점이 있다고 말한다.[37] '벽보'는 가장 많은 사람에게 강한 인상을 주고 주의를 끌 수 있는 주먹질 미디어이다. '라디오'는 매일 일상생활 속에 조용히 스며드는 동반자 같은 미디어로, 라디오를 듣는 사람은 광고를 의식하지도 못한다. '영화'는 시선을 확 끌어당기기 때문에 광고 효율성이 높은 이점이 있다. '출판물'은 대상이 분명하게 정해져 있고, '텔레비전'은 소비자에게 가장 설득력 있는 매체라고 할 수 있다. 소비자는 하루에 평균 세 시간 이상

텔레비전을 본다. 광고 전문가들은 텔레비전이 광고의 목표물인 시청자를 우둔하게 만드는 매체라는 점을 전적으로 인정한다. 이 점에 대해 프랑스에서 시청률이 가장 높은 상업 방송국TF1의 회장은 이렇게 말했다.

"기본적으로 방송이 할 일은, 예를 들어 코카콜라를 팔도록 도와주는 것이다. 그런데 광고 메시지가 통하려면 텔레비전 시청자가 광고를 받아들일 마음의 준비가 되어 있어야 한다. 우리 채널의 방송 프로그램이 바로 이것을 가능하도록 해야 한다고 생각한다. 두 가지 메시지를 받아들일 준비를 할 수 있도록 시청자를 즐겁게 해주고, 긴장을 풀어주어야 한다. 우리가 코카콜라 회사에 파는 것은 인간이 대뇌 활동을 통해서 광고를 받아들일 수 있는 시간이다."[38]

광고라는 말의 실제 의미에 들어맞는 넓은 의미의 광고에는 '미디어 밖에 존재하는 광고'를 포함해야 한다. 통신 판매이것은 직접 광고 예산의 3분의 2를 차지한다. 나머지는 카탈로그, 홈쇼핑, 텔레마케팅, 위탁 판매 등이 있다, 행사 광고어디서나 개최되는 전시회, 장터, 인터넷사이트, 배너, 전 세계적으로 전자메일의 70~80퍼센트를 차지하는 스팸 메일, 판매처에서 하는 광고제품이 눈에 잘 띄도록 설치한 판매대, 상품에 의한 광고, 포장, 스폰서, 언론 홍보 등이 미디어 밖 광고들이다. 광고계의 성경이라 할 수 있는 『퓌블리시토르』에 보면 "광고 전략은 다양하고, 광고업자의 상상력은 절대로 마르지 않는다. 우편소액환 봉투, 프로그램, 메뉴, 가방, 티셔츠, 성냥갑, 몽골피에라는 열기구까지 광고에 이용한다"[39]고 칭찬한다.

광고의 방식이 다양해짐과 동시에 광고 예산 또한 엄청나게 증가했다. 현재 프랑스에서는 광고 예산을 170억 유로에서 390억 유로로 추정한다. 공식 집계로 프랑스 광고시장은 230억 유로[40]나 된다. 이것은 프랑스 환경부 일 년 예산의 30배에 해당하는 돈이다. 그러나 이것은 광고 시스템을 보여주는 빙산의 일각일 뿐이다.

개개인이 광고 메시지 때문에 받는 압력이 어느 정도인가를 놓고도 의견이 분분하다. 어떤 광고업자는 매일 300개 내지 1000개가량의 메시지가 우리를 짓누른다고 하고, 기자들은 2500개 정도의 메시지가 쏟아진다고 말한다. 또 퀼튀르 퓌브(Culture Pub, 프랑스 M6 TV에서 1987년 3월부터 2005년 6월까지 방영된 프로그램—옮긴이) 관계자는 7000개의 메시지가 우리를 공략한다고 말한다![41] 이 수치가 얼토당토않은 것처럼 보이지만, 만약 어떤 상표를 하나 팔기 위해서 사용하는 온갖 수단, 특히 플라스틱, 가방, 옷 같은 상품에서 끊임없이 보게 되는 마크logo까지 포함한다면 충분히 짐작되는 수치이다. 광고 메시지가 정확히 얼마나 되는지 가늠하기 어려운 이유는 우리가 노출된 광고 메시지의 10분의 1도 의식적으로 알아차리지 못하기 때문이다.

"우리의 두뇌는 다양한 방향에서 수시로 자극을 받기 때문에 정보에 파묻히지 않도록 보호 장치가 되어 있다. 그러므로 광고업자 입장에서는 메시지의 사망률이 너무 높아 보이게 된다."[42]

광고가 죽으면 광고업자는 슬프다. 배은망덕한 소비자들은 어째서 광고업자들이 던지는 메시지를 게걸스럽게 삼키지 않는 것일까?

한편 광고업자에게 있어 다행스러운 것은 소비자가 광고를 꼭 주의 깊게 봐야지만 광고 효과를 볼 수 있는 것은 아니라는 점이다. 광고는 규칙적으로 보기만 해도 무의식적으로 머릿속에 각인된다. 광고를 본 그 순간에는 효과가 나타나지 않지만 하루 종일 우리를 따라다니며 광고를 보도록 권유하고 애원하는 사이에 나타나게 되는 것이다. 광고는 정말로 우리의 주변을 파괴하는 데 중요한 역할을 하는 범죄자 집단이다.

광고는 공해 중의 공해다

광고는 엄격한 의미에서 '에너지를 낭비하는' 공해이다. 한 예로 주간지 지면의 반은 광고가 차지하고 있다.[43] 잡지사가 무게 300그램의 잡지를 매주 50만 부 발행한다면, 매년 오염성이 아주 강한 잉크를 사용한 4000톤가량의 종이를 소비하게 된다.

하지만 뭐니 뭐니 해도 가장 낭비가 심한 것은 광고 우편주소를 쓴 것, 쓰지 않은 것 모두이다. 이것은 곧장 쓰레기통에 버려질 진짜 쓰레기를 생산하는 셈이다. 미국에서는 매년 거의 900억 개의 광고지가 우체국을 통해서 배달되는데, 이는 전 세계 우편물의 5분의 1이 된다.[44] 프랑스도 여기에 뒤지지 않는다. 아드렉소Adrexo는 자사에서만 55억 통의 광고 우편을 보낸다고 자랑한다. 그런데 프랑스 우체국La Poste은 이러한 우편 오염에 해당되는 일을 민간에 넘겨주지 않고 있다. 프랑스 우체국은 앞장서서 개인 편지함을 쓰레기통으로 만드는 일을 하고 있다. 지역 마케팅을 한다는 이유로 우체국은 주민의 이동 습관을 파악하기 위해 주민을 소구역 단위로 나누었다. 그러고는 전화번호부가 딸린 우편 과녁Postcible으로 불리는 다양한 파일을 광고주에게 돈을 받고 제공했다. 그래서 광고주는 소비자에게 직접 우편물을 보낼 수 있게 되었다. 일반 인명편Particulier Volume은 1800만 개, 세부 인명편Particulier Précision은 550만 개의 주소를 확보하고 있는데, 이 두 주소록은 218개의 기준에 따라서 참고할 수 있다. 물론 이 모든 것이 자료를 풍부하게 해서 소비자에게 도움을 주려고 계획된 일이라고 말한다.[45]

집 밖의 벽보들은 모든 사람들에게 보라고 강요하는 시각적 시궁창이다. 벽보가 에너지를 낭비종이, 접착제, 잉크, 금속, 4인 가족이 일 년간 사용하는 전력의 두 배를 소비하는, 뒷면이 반짝이는 이동 벽보하면서 일으키는 공해도 만만치 않다. 일찍이 이런 모든 것을 생각했을 법한 광고의 아버지로 불리는 사람이 다음과 같이 말했다.

"나는 경치에 아주 관심이 많은데, 지금까지 광고판이 들어서서 조망이 더 좋아진 곳은 단 한 곳도 없었다. 인간이 가장 사악해지는 때는 멋진 전망 앞에 광고판을 세울 때이다. 은퇴를 하면 나는 밤마다 광고판을 때려 부수고 다니는 단체를 만들 것이다. 만일 시민정신을 위반한 현행범으로 잡힌다면, 그때 우리에게 유죄를 선고할 배심원이 과연 몇 명이나 될까?"[46]

프랑스는 광고판 숫자에 관한 한 유럽에서 그다지 좋지 않은 기록을 가지고 있다. 풍경을 광고로 망치는 것에 유리하도록 되어 있는 법률을 고발하는 프랑스 풍경위원회에 따르면, 100만 개가 넘는 광고판 중에서 30~40퍼센트가량이 불법 광고판이다. 많은 예외 규정으로 복잡해진 규정이 난마와 같이 얽히면서 광고판이 불법인지 아닌지를 구분하는 단순한 일도 아주 복잡한 과정을 거쳐야 확인할 수 있다. 광고판에 관한 위법행위를 행정 당국에 제소했을 때, 벽보 부착자가 몇 주간 내에 규정에 맞게 바꾸면 벌금을 물지 않아도 된다. 이런저런 상황 때문에 난립하는 광고는 프랑스의 모습을 바꿔놓고 있다. 물론 벽보 게시업계의 유럽 최고 기업인 JC데코JCDecaux는 벽보를 붙이는 일이 '아름답게 꾸미는 일', 심지어는 '시각적으로 지저분해 보이는 것들을 줄이는 일'이라고 말한다. 하지만 이 고상한 취향에 동의하지 않는 스웨덴 사람이 게시물을 훼손하는 것을 막기 위해 JC데코는 최근에 야간경비원을 고용했다.

감각적인 영역에서는 라디오와 텔레비전의 광고 소리가 공해에 해당된다. 광고업자는 귓가에 계속 맴도는 바보 같은 시엠송을 고함치는 듯한 큰 소리로 들려주어 사람들의 기억 깊숙한 곳에 입력시킨다. 상업 라디오 방송은 1시간당 15분에서 20분가량 줄기차게 광고를 내보낸다. 텔레비전은 규정이 있기 때문에 조금 덜하지만 광고장이들은 어떻게든 법망을 피하거나 아예 이런 법을 폐지시키려고 노력한다. 이러한 시청각 공해는 공공장소 어디에나 넘쳐난다.

돈만 벌면 그만이라는 생각이 판치는 마당에 우리의 코라고 무사할 리 없다. 감각 마케팅에도 새로운 아이디어가 넘쳐난다. 2003년 프랑스-레일-광고 회사는 '소형 향기 보급기'가 부착된 가스 광고판과 함께 '후각 게시망網'을 최초로 선보였다. 하지만 자동차를 이용한 광고는 공해의 모든 단계에 영향을 미친다. 예전에 소형 화물차가 이동 광고판을 달고 확성기를 사용해 광고를 하면서 시각적, 청각적, 후각적 공해에다 에너지 공해를 더했던 것을 우리는 기억하고 있다. 이런 식의 자동차 광고가 요즈음 다시 살아나고 있다. 자동자 전체를 광고로 덮고 매일 정해진 거리를 왔다 갔다 하는 조건으로 자동차를 장기간 신용 임대해주는 방식이다. 맥도날드도 학교가 파하면 아이들을 데리러 가는 학부모들에게 광고용 자동차를 빌려주고 있다. 자연히 이 광고용 자동차는 향기배기가스를 내뿜을 것이고, 광고는 항상 그래왔듯이 임대한 '자동차의 악취'가 만들어내는 '광고 악취'를 무마하려고 할 것이다.

에너지 공해는 물론 우리의 오감을 자극하는 공해를 포함한 모든 공해가 바로 '정신적인 공해'이다. 이것은 우리의 정신을 피폐하게 한다. 우리는 상품 로고를 꽃보다 더 많이 알아보고, 시詩보다 슬로건을 더 많이 알고 있다. 실비오 베를루스코니(이탈리아의 축구 클럽 A.C. 밀란 구단주이며 이탈리아 최고의 미디어 재벌, 이탈리아 최고의 갑부. 1994-1995, 2001-2006, 2008년부터 세 번째 수상 역임 중—옮긴이)라는 세계적인 광고업자가 소유한 이탈리아의 한 출판사는 『도시와 주변 환경*Città e Dintorni*』이라는 소설의 한가운데에 광고를 삽입했다. 그리고 이 소설의 작가인 루이지 말레르바는 '광고가 문학의 영혼이 되기를' 희망한다고 선언했다. 상표의 지배 영역에는 한계가 없다. 네슬레는 행복이라는 단어를, 펩시콜라는 푸른색을 샀다. 베네통은 이름을 널리 알리기 위해 '충격 광고' 기법을 통해서 세계 곳곳의 사람들이 겪는 고통을 공통의 관심사로 만들면서 고통을 광고에 이용한다. 광고는 세상의 모든 가치를 회유하여 가치를 하락시키고, 소비자중심주의의 이념을 퍼뜨린다. 광고는 모든 공해의 산물인 산업 시스템의 생산물을 소비하게 하는 것 이외에는 어떤 목표도 없다. 그런 의미에서 광고는 공해 중에서도 가장 나쁜 공해이다.

단계적 확대, 경쟁 그리고 확산

광고쟁이는 광고가 일으키는 공해에 대해서 잘 알고 있고, 그중 몇몇은 공해를 줄일 수 있기를 바라기도 한다. 그러나 공해는 전혀 줄어들지 않고, 무엇보다 자신들의 그런 생각을 어떤 식으로든 밝힌 적도 없다. 광고의 급격한 확산은 광고 시스템의 결과이고, 어쩔 수 없는 광고 논리의 결과이기 때문이다.

광고라는 무기는 상표가 시장에서 '자기 자리를 찾고', '정체성'을 가질 수 있도록 돕는다. 상표끼리 전쟁을 벌이면서 온갖 수단을 동원하지 않는다면 그 상표는 사형선고를 받은 것이나 다름없다. 전쟁에서 이기려면 공격을 해야 한다. 그러므로 전투에 참가한 병사들은 사용하는 무기의 질을 높이고, 양을 늘려야 한다. 이 같은 이유로 광고의 양은 점점 늘어날 뿐만 아니라 광고 기술은 더욱더 다양해지고, 섬세해지고, 공격적이 된다. 이것이 '광고 예산 경쟁'[47]이며 군비 경쟁과 똑같이 광고가 확산되는 요인이 된다. '광고의 과도한 압력'의 근본 원인에 대해 한 광고업자는 "어떤 상품의 '시장점유율'은 광고시장에서 '목소리 점유율'에 비례하기 때문에 경쟁 상대가 예산을 늘리면 뒤처지지 않기 위해 보조를 맞춰야 한다. 심지어는 시장점유율을 늘리기 위해서 경쟁자보다 예산을 더 늘려야 한다"[48]고 말한다.

광고가 넘치는 세상에서 어떻게 소비자의 주의를 끌 것인가? '제곱의 법칙'이 시키는 대로 다른 사람보다 더 큰 소리로 외쳐야 한다. '제곱의 법칙'은 고객의 관심이 두 배가 되려면 전시 면적을 네 배로 확대해야 한다.[49] 그래서 '양적' 경쟁은 지수함수의 경쟁이 된다. 결과적으로 광고비는 현기증이 날 정도로 증가하게 된다. 비용의 증가를 막으려면 다른 '질적' 전략이 필요하다. 다시 말하면 충격을 줌으로써 관심을 끄는 것이다.[50] 아브니르Avenir, 미래라는 벽보 게시 네트워크의 그 유명한 연재 광고teasing처럼 저속한 이야기로 호기심을 자극하거나 외설적인 내용으로 관심을 끄는 전략이 반드시 필요하게 되는 것이다. 광고의 내용은 이렇다.

월요일에 비키니 차림의 미리암은 이렇게 말한다.

"이틀 후에 윗옷을 벗을게요."

수요일에는 팬티만 입고 나타나 이렇게 말하며 분위기를 띄운다.

"이틀 후에는 팬티를 벗을게요."

금요일에 미리암은 다 벗고 나왔지만 뒷모습만 보여준다. 그리고 화면에는 다음과 같은 글이 나타난다.

"아브니르는 약속을 지키는 광고입니다."

광고계 내부에는 어떤 제한도 없다. 광고업자 사이의 경쟁은 심지어 항상 한 단계 더 올릴 준비가 되어 있다는 것을 확실히 보여준다. 그래도 외부의 여론이 어떤 한계를 넘을 수 없도록 강제한다고 사람들은 생각할 것이다. 그러나 광고는 늘 외부에서 규제하는 한계를 뛰어넘었다. 왜 그럴까? 광고업자들은 대중을 향해 '정신적 변화'를 주장한다. (법으로 너무 엄격하게 제한을 하면 법을 지키기 어렵다는 말로 광고업자들은 '광고 내부에서 자율적으로 규제'를 하고 외부의 규제를 받지 않는 것이 정당하다고 주장한다.) 광고업자들 사이에는 일반인과는 다른 그들만의 견해가 있다. 생산성이 떨어지지 않으려면 경쟁은 반드시 필요한데, 사람들이 자꾸 '방어'만 하려 들고, 그것이 '습관'이 되면 생산성은 하락하게 되어 있다는 것이다.

프랑스의 국제광고협회IAA France 회장이 설명한 것처럼, 텔레비전을 시청하는 젊은 사람들은 광고 메시지를 해석하는 능력이 있고, 메시지에 대항해서 더욱더 강력하게 자신을 방어한다. 그러므로 그들을 끊임없이 놀라게 해야 한다.[51] 그래서 그들이 채널을 돌리지 못하게 하고, '메시지의 효력'에 해가 되는 해석을 하지 못하게 하려면 그들이 미처 생각하지 못한 지점을 공격해야 한다. 그렇게 해서 몰래 하는 간접 광고인 '상품 끼워 넣기Product Placement'가 나오게 된다. 그러니까 사람들은 텔레비전 연속극을 본다고 생각하지만 사실은 이야기의 흐름을 따라서 구성된 잘 만들어진 카탈로그를 보고 있는 것이다. 뒤이어 영화cinéma도

영화 속의 상표cinémarque로 바꾸어놓았다. 때때로 150건 이상의 '상품 끼워 넣기'가 한 영화 안에서 이루어진다. 감독들은 후원을 받기 위해 시나리오를 변경해야 되고, 상품의 '이미지'에 맞추기 위해 시간을 낭비하게 된다.

중독이 무엇인지는 모두가 잘 알고 있다. 약물중독자들은 동일한 효과를 얻기 위해서 일 회분의 약을 계속해서 증가시켜야 한다. 광고업자의 말에 의하면 광고도 마찬가지라고 한다. 광고의 질적, 양적 과잉에 습관이 된 잠재적 고객에게 일 회 사용 분량을 늘리고, 독소를 다양하게 첨가해야 한다. 또 '급격한 변화 주기 전략메시지의 다양화, 충격 주기'을 구사해서 고객이 이미 적응해버린 부분을 상쇄시켜야 한다.[52] 솔직하게 말하는 것을 좋아하는 미국인들은 이렇게 말한다.

"소비자들은 바퀴벌레와 같다. 약을 계속 뿌리면 결국 바퀴벌레에게는 면역력이 생긴다."[53]

그래서 광고는 과감해야 하고, 규범을 초월해야 하고, 사회적 금기를 넘어서야 한다.[54] 물론 여기서 과감하다는 것은 양심의 가책을 받지 않는다는 것을 의미하고, 금기를 넘어선다는 것은 누구보다 상공 단체에 도움이 된다.

항상 한계를 넘어서야 한다고 하지만 그래도 점진적으로 하지 않으면 약물을 과다 복용하게 되는 것과 같은 위험이 따른다. 스스로 도를 넘어섰다고 말하는 광고들도 실은 신중하게 계산된 것이다. 받아들일 수 없다는 한계를 너무 지나치지 않을 정도로만 자극해야 한다. 하지만 중독을 고려해서 시간을 두고 진행해야 한다. 항상 '조금 더 멀리' 가지만 '너무 빨리' 가서는 안 된다. "광고가 너무 많으면 광고를 죽인다"는 말이 사실이라고 해도, 광고의 절대적인 한계가 있다는 말을 귀담아들어서는 안 된다. 광고 폭격은 "미디어에 침투한 광고 공간이 증가하는 것과 동시에 시간이 흐르면서 무관심도 커지게 되는 점진적인 독물 면역 현상"[55]을 가져온다. 그러므로 '지나치게 많은 광고'는 주어진 시간과 관계가 있고, 허용하는 한계는 변하기 마련이다. 30년 전이라면 지금과 같은 광고 확산은 용인될 수 없었을 것이다. 마찬가지로 프랑스 사람 누구도 현재 미국에서 일어나고 있는 광고의 포화 상태를 견디지 못할 것이다. 그러나 몇 년 후에는 그런 일이 가능할지도 모른다. 이런 논리는 '충격 광고'에도 똑같이 적용된다. 20년 전 미리암은 광고 속에서 옷을 벗겠다고 알리는 행위로 빈축을 샀지만, 지금은 충격을 주고 화젯거리가 되기 위한 '세련된 포르노' 정도로 받아들여지고 있다.

상표들의 경쟁으로 광고가 단계적으로 많아지고, 그 효과는 점차 감소하고, 소비자들은 수동적으로 변해가는 이 모든 현상은 광고가 암적 존재로 성장하는 데 기여한다. 새로운 광고시장 개척에 끊임없이 노력하는 광고업계의 제왕 세겔라는 심술궂게 이렇게 말했다.

"스트레스stress와 가짜 보석strass, 소비consommation와 커뮤니케이션communication을 피해 간다는 것은 얼마나 대단하고 놀라운 능력인가? 한마디로 단순하고 그래서 순수한 영혼을 갖는 능력!"[56]

전염병과도 같은 광고로부터 자신의 영혼을 보호하는 데 성공하는 것은 정말이지 기적과도 같은 일이다.

화려한 미래에 대한 전망

프랑스에서는 10년도 채 되지 않는 동안 광고에 투입된 돈이 두 배로 증가했다. 그야말로 광고 붐을 이루고 있다. 국내 총생산에서 광고 산업 지출 비용의 비율이 계속 증가하고 있다. 1995년에는 0.6퍼센트, 1999년에는 0.8퍼센트, 그리고 마침내 1퍼센트를 넘어섰다. 폭발적인 광고비의 증가는 멈출 줄을 모른다. 왜냐하면 프랑스는 아직 이 분야에서 뒤처져 있기 때문이다. 미국에서는 광고 지출이 나머지 경제 분야보다 4배에서 6배 정도 더 빨리 증가하고 있고, 이미 국내 총생산의 2퍼센트에 달한다.[57]

그러므로 지속적인 광고의 급성장, 공적·사적 생활에 은밀하게 침투해 들어오는 광고에 대비해야 한다. 문자메시지SMS에서부터 술집의 화장실에 이르기까지 광고가 없는 곳은 없다. 무료로 제공되는 그림엽서, 술잔, 빈 책상, 그리고 텔레비전 수상기의 로고상표로도 성이 차지 않는 듯하다. 무료를 강조하는 광고를 받아들이는 것은 저절로 굴러 들어오는 돈을 손에 쥐는 것과 같다. 무엇 때문에 싫다고 하겠는가? 통화 중에 광고가 나오는 무료 휴대전화도 있고, 요즈음에는 광고를 보면 무료로 쓸 수 있는 컴퓨터도 있다.

프랑스에서 버스와 지하철에 광고를 하는 것과는 달리, 미국 상표가 어떻게 거대한 3차원 광고로 변신한 건물을 점령하고, 동네나 심지어 도시 전체의 거리 이름을 다시 짓고 있는지에 대해 나오미 클라인은 우리에게 이야기한다.[58] 예술적 상업 후원스폰서링은 문예-예술 후원메세나의 흐름을 역행한다. 현재 상표는 문화 행사의 총아가 되었고, 음악가는 진열대의 인형처럼 옷을 입고 있다. 광고 끼워 넣기는 몇몇 박물관에서도 볼 수 있다. 박물관이 판매 상품을 예술 작품과 과거의 증언과 같은 진열대에 전시하고 있는 것이다.

광고는 학교까지 공략한다. 광고 벽보가 학교에 나붙고, 광고업자들이 교사에게 교육 자재를 제공한다. 심지어는 고객지원 담당직원이 교사를 대신해서 시범을 보이기도 한다. 예를 들면 생리대 회사에서 생물 교사를 대신해서 청소년에게 사춘기의 성에 대해 가르친다. 그러나 미국의 교육 분야에서 벌어지고 있는 상표의 독점에 비하면 프랑스는 아직도 걸음마 단계이다.

1990년대에 학교 내 그림이나 벽과 같은 공간을 광고가 차지하는 상황은 539퍼센트 증가했고, 교육 자재의 후원은 1875퍼센트 증가했다.

회사가 수업 내용을 명령하고, 광고로 가득 찬 교과서와 수첩을 제공한다. 인터넷에 무료로 접속할 수 있게 하는 방법으로 학생들이 계속 광고를 보게 만들 뿐만 아니라 그들의 행동방식을 연구하고, 그 정보를 다시 팔기도 한다. 800만 명의 학생이 매일 수업시간에 광고로 넘쳐나는 텔레비전 프로그램을 시청한다. 시청을 거부하는 학생들도 있었지만 끝까지 말을 듣지 않는 학생은 퇴학당했고, 심지어 소년원에서 하루를 보낸 학생들도 있었다.[59]

상표는 이미 대형 상가의 스타가 되었으니, 이제 하늘에 있는 별의 자리를 차지하기만 하면 된다. 비어 있는 비생산적인 공간인 하늘을 '멋지면서도 교육적인' 구경거리로 채우고, '하늘을 유익하게 활용한다'는 생각은 이미 19세기에 광고업자들을 흥분시켰다. 오귀스트 빌리에 들릴 아당은 『잔인한 동화*Conte cruel*』에 나오는 이야기 중 하나인 「하늘의 벽보*L'Affichage céleste*」에서 하늘을 유익하게 활용하는 아이디어를 보여준다. 광고용 비행기는 바캉스를 즐기는 내내 푸른 하늘을 망치고 있지만, 스페이스 마케팅 회사는 목표를 더 높이 잡았다. 이 회사는 상표가 보름달처럼 크고 밝게 보이는 1제곱킬로미터짜리 광고판을 하늘에 띄우는 일에 도전하고 있다. 이것이 실현되면 독보적이고 전 세계적인 광고가 될 것이고, 어느 누구도 이 광고를 피해 갈 수 없게 될 것이다.

광고의 경쟁은 끝이 없다. 오로지 법을 통한 엄격한 제한만이 이 경쟁을 막을 수 있을 것이다. 그러나 이러한 주장도 아주 순진한 생각이다. 광고의 확산은 모든 정치 당파와 우리 사회 전체를 꼼짝 못하게 하는 '세금 감소'라는 정치적 선택의 결과이기 때문이다. 공공 서비스 분야의 예산 삭감을 무엇으로 보충할 것인가? 대부분의 사람들은 돈을 가져다준다는 사실 때문에 광고를 합리화한다. 국가가 담당했던 일을 사기업에게 떠넘기며 그것에 대한 보상으로 세금을 감면해주는데 이때 광고가 필연적으로 나서게 된다. 결국 세금이 줄어들면 광고는 늘어나게 된다.

그러나 광고가 번창하는 근본적인 이유를 알아내려면 최근의 경향만 살필 것이 아니라 광고가 역사적으로나 논리적으로 산업자본주의의 지속적인 발전과 맞물려 있다는 것을 이해해야 한다.

그리고 자본주의는 광고를 창조했다

구약성경에 나오는 "신은 인간을 창조했다"에서 착안해 로제 바딤 감독이 "그리고 신은 여자를 창조했다"라는 제목으로 브리지트 바르도 주연의 영화를 제작했는데, 이 유명한 제목을 다시 패러디한 구절 — 옮긴이

광고판, 선전 문구, 벽보, 팸플릿은 오래전부터 존재해왔다. 중세에 정기적으로 열렸던 장터에서 호객꾼, 허풍을 떠는 사람, 거리의 약장수들은 손님을 끌기 위해 이런저런 이익을 주겠다고 약속했다. 하지만 이런 것들은 모두 요즈음 광고와는 아무런 관계가 없고, 기껏해야 광고의 선사 시대라고 해야 할 것이다. 산업혁명과 함께 유럽과 미국에서 동시에 최초의 광고업자가 나타난 것은 19세기 중엽이다. 그때부터 광고는 반드시 염두에 두어야 하는 체계적이고 전문화된 활동으로 등장한다.

광고업자들은 '산업화에서 비롯된' 광고를 '판매 기술의 산업화'라고 정의한다.[60] 옛날 시장 거리에서 손님 끌기의 형태가 확장된 것으로 광고의 의미를 제한하는 것은 광고를 저널리즘의 한 형태로 규정하는 것만큼이나 잘못된 것이다. 광고와 상점 간판의 관계는 대량 살상 무기와 주방용 나이프의 관계와 같다. 왜냐하면 광고는 근본적으로 현대의 대량생산 그리고 대량생산의 필연적 결과인 잉여 물자를 유통시키기 위해 반드시 필요하기 때문이다.

"재고가 바닥날 때까지 사람들이 소비하게 해야 하는 소비재를 더 많이, 더 넘치게 만들어내면서 실제로 진정한 광고를 불러들인 것이 바로 기계화이다."[61]

농업 의존도가 높은 경제구성원이 생활필수품을 생산하는 사회 체제에서는 당연히 광고가 필요 없다. 심지어 19세기 중엽까지의 미국 경제처럼 번창하는 농촌, 수공업 시장 경제에도 광고가 필요 없었다. 광고는 대단히 집중된 대규모 산업과 함께 역사에 등장했다. 대규모 산업은 자동화를 예고하는 새로운 기술 공정을 바탕으로 국내시장그리고 국내시장을 넘어서에서 흔한 소비재를 대규모로 생산했다. 그러니까 광고는 대기업에 필요한 다음의 세 가지를 해결하기 위해 출현한 것이다.

1. 거대한 국내시장을 지배하려면, 그리고 전통적인 지역 분배 경로를 극복하고 어마어마한 양의 상품을 판매하려면 광고가 필요했다. 이것은 아주 어려운 일이었는데, 앞으로는 '시장'이 어느 정도 잘 알고 있는 구체적인 고객 집단이 아니라 멀리 떨어진 추상적인 소비자 집단이 될 것이기 때문이었다. 그래서 현대적인 커뮤니케이션의 수단을 동원하여 미지의 고객들을 붙들어 매놓기 위해서는 어쩔 수 없이 상당히 많은 비용을 써야 했다. 현대적인 커뮤니케이션 수단은 '대중'에게 호소할 때 유리하다. 산업 시대 이전에 고객과 맺었던 개인적인 관계를 청산하고, '인격화되고 특성화'된 것이라고 주장하는 만큼

광고는 더욱더 표준화되고 비인격화된 관계의 대용품이 된다.

2. 새로운 산업 공정, 특히 '연속 공정'에서 나오는 2차 생산품을 유통시키려면 광고가 필요했다. 미국의 오트밀귀리 플레이크를 예로 들어보자. 오트밀은 옛날부터 동물에게 먹이던 식량이었다. 그런데 1880년에 새로운 기계가 나오면서 귀리의 생산방식이 혁명적으로 발전하였다. 새로운 기계 덕분에 귀리 생산량은 엄청나게 증가했다. 이로 인해 초과 생산된 분량을 유통시키고 투자 자본이 수익을 올리려면 완전히 새로운 시장을 만들어내야 했다. 그렇게 해서 아침 식사로 먹는 시리얼이 등장하게 되는데, 광고계와 과학 관련 기관이 시리얼을 소비자에게 널리 보급하는 일을 도왔다. 오트밀 플레이크가 건강에 좋다고 대중을 교육한 것이 대기업들에게는 큰 도움이 되었다. 뒤이어 나온 밀로 만든 새로운 시리얼, 유아식, 콘플레이크를 비롯하여 새로운 산업 생산에서 비롯된 모든 것은 사람들이 소비하는 일상적인 것이 된다.

마찬가지로 프록터 앤 갬블P&G이 세탁비누, 면화유, 식용유와 예전에는 집에서 직접 만들어 사용했던 많은 것을 생산하는 사업에 뛰어들었던 이유도 비누를 생산하는 새로운 기계장비를 100퍼센트 가동하기 위해서였다. 최근에도 이와 비슷한 일들이 벌어지고 있다. 예를 들면 남는 고깃덩어리 때문에 생기는 재정적 손실을 없애기 위해 남는 고깃덩어리를 동물성 사료로 만들어 육식동물이 아닌 초식동물에게 먹인다.

미친 것은 광우병에 걸린 암소가 아니라 바로 기업가들이다. 그들은 수익을 내기 위해서라면 상식에 맞지 않는, 무슨 짓이라도 해야 하는 시스템에서 벗어나지 못하고 있다.

3. 품질이 형편없고 비슷비슷한 공산품을 돋보이게 하려면 광고가 필요했다. 새로운 생산 기술은 사실 일상적인 소비재를 똑같은 수준으로 만들어버렸다. 그래서 광고업자들은 소비자들의 눈으로는 거의 구별이 불가능한 상품을 구별해내는 것을 자신들의 임무로 여긴다. 광고업자들이 항상 "비슷한 제품이 있는 세상에서 사람들이 물건을 사게 만드는 가치 있는 구별은 심리적인 요인, 설득의 기술에 달려 있다"[62]는 말을 입에 달고 다닌다. 문제는 '가상의 부가가치'를 만들어내는 것이다. 가상의 부가가치가 없으면 상품은 가치 없는 평범한 제품으로 전락하고 만다.[63]

사실 광고는 '기업의 판매 촉진 전략'일 뿐이다. 광고의 첫째 기능은 공산품의 소비를 촉진하고, 예전부터 사람들이 사용하던 것을 공산품으로 갈아 치우도록 유인하는 것이다. 공장에서 만든 담배가 파이프 담배, 코담배, 씹는담배의 자리를 차지하고, 설탕이 가미된 음료들이 물을 대신하고, 암을 유발하는 식품첨가물을 다량 넣어서 무미건조한 맛을 감춘 셀로판으로 포장한 싼 음식이 집에서 만든 요리를 몰아낸다.

광고는 새로운 자본주의 시대로 들어서면서 등장하게 됐다. 자본주의 시대로 들어서면서부터 대량생산에 기초를 둔 자본의 축적은 사회적, 개인적인 모든 것들을 착취하는 것으로만 이루어질 수 있었다. 반드시 더 생산해야 한다면, 반드시 대량으로 소비해야 하는 법이다.

자본주의의 논리는 끝없는 축적

왜 항상 더 많이 생산하는 일이 반드시 필요하다고 말해야 하는가? 그것은 자본주의가 자본의 끝없는 축적의 원칙에 기초를 둔 생산방식이기 때문이다. 여기서 '끝없는'이란 단어는 두 가지의 부재를 의미한다. 하나는 축적 이외에는 목적도 없고 목표도 없다는 것이고, 다른 하나는 오로지 세력권 확장을 위해 재화를 쌓는다는 것이다. 이러한 축적에는 한계가 없다. 예상할 수 있는 어떤 용어도 없다. 그래서 이 불합리하고 프로메테우스적인(이상주의적이고 인간을 신뢰하는—옮긴이) 경제 체제는 모든 구체적인 세상, 자연, 그리고 인간들을 점유해서 이용하기에 적합하다. 물론 생산된 제품은 어쨌든 유통이 되어야 하고, 그러려면 이러한 경제 체제로 다시 구성된 사회적 틀 안에서 제품이 쓸모가 있어야 한다. 그러나 이러한 경제 체제에서는 사용 가치를 따지는 일은 뒷전이고, 이윤을 낼 수 있느냐를 먼저 따진다.

이런 논리는 사실 정상적인 경제 이론을 뒤집는 것이다. 『자본론』에서 칼 마르크스는 다음과 같이 두 가지를 비교하였다.

필요의 논리: 상품Marchandise → 돈Argent → 다른 상품M-A-M'

이윤의 논리: 돈Argent → 상품Marchandise → 더 많은 돈A-M-A+

다른 노동자들이 생산한 다른 상품들M'을 구입하기 위해 자신의 노동으로 생산한 제품M을 돈과 바꾸려고 노력하는 것은 합리적이다. 이런 전통적인 논리에서는 상품을 통해 다양한 욕구를 채우는 것이 원칙이고 목표이다. 그리고 돈은 혼자서 모든 것을 생산할 수 없는 개인이 그들 각각의 노동으로 생산한 제품을 교환할 때 원활하게 교환이 이루어지도록 도와주는 한 가지 방법일 뿐이다.

자본주의 논리는 이것과는 완전히 다르다. 사람은 초기 자본A을 갖고 있다. 그래서 이것을 효율적으로 운용하고 싶어 하고, 처음에 갖지 못한 '더 많은 돈A+'을 얻으려고 노력하면서, 나중에 다시 팔 상품의 생산에 초기 자본을 투자한다. 돈은 더 이상 교환의 수단이 아니라 '목적'이 된다. 그리고 교환은 가지고 있던 돈을 더 많은 돈으로 바꾸는 '수단'이 되고, 가지고 있는 돈의 가치를 하락시키지 않기 위해 재투자를 하고 또 재투자를 하는 일이 반복된다. 이러한 상황에서 현재 우리 사회가 지나칠 정도로 풍요로움에도 일부의 사람이 기초 생활조차 할 수 없다는 것은 놀라운 일이 아니다. 자본주의 제도의 목표는 교환을 통해 필요를 충족시키는 것보다 자본의 축적을 더 우선으로 삼는다. 결코 가난한 사람의 기초 생활을 보장하는 것이 목표가 아니다.

우리가 일반적으로 알고 있는 것과는 달리, 자본주의의 이러한 논리를 인식하고 염려했던 사람은 마르크스가 처음이 아니었다. 아리스토텔레스는 마르크스보다 2천 년 이상 앞선 시기에 이미 앞에 말한 두 가지 경제적 과정의 특징을 간파했다. 아리스토텔레스는 자본주의 논리를 '이재理財, chrématistique'라고 불렀다. 그는 욕구 충족이 아닌 돈의 축적을 목표로 하는 상품의 교환은 도덕적, 정치적으로 볼 때 아주 비난할 만한 행위라고 생각했다. 상품 이외의 모든 관계뿐만 아니라 공동체까지도 해체시킬 수 있기 때문이다. 게다가 산업이 근대화되고, 삶의 조건을 위협하는 생산 장비에 의존하게 되면서, 돈을 축적하는 행위는 더 심해지고 일반적인 일이 되었다. 하지만 이러한 행위를 현대화의 가장 주요한 현상으로 여기거나, 아리스토텔레스의 이상을 실현하는 데 가장 큰 장애로 간주하여 마르크스주의자가 될 필요는 없을 것이다.

앞서 살펴본 것처럼, 지난 모든 사회가 내부적으로나 다른 사회와 함께 벌여왔던 이런 식의 교환을 비난하자는 것은 아니다. 화폐의 존재도 문제가 되지 않는다. 오히려 지나간 사회의 탈선과 그에 따른 자본의 확장을 불러오는 경제적 가치를 중요하게 여기는 논리를 비난해야 할 것이다. 어떤 면에서 볼 때 자본주의 이전의 모든 경제는 현재 우리의 경제보다도 훨씬 더 교환 경제였다. 협력과 평화를 내포하고 있는 '교환'과 '시장'이라는 개념은 근대에 아주 빈번하게 등장한 축적의 문제를 현대인들이 알아보지 못하게 한다. 이렇듯 돈의 축적은 영원한 경제 전쟁의 가능성을 내포하고 있다.

자본가는 이윤을 남길 수 있다고 생각될 때만 대량생산에 투자한다. 때문에 개인 기업미시 경제 차원에서는 자본주의 경제 기반이 반드시 필요하고, 거시 경제 차원에서는 경제 기반의 성장이 반드시 필요하다.

반드시 필요한 성장

세계 경제라는 전쟁터에 뛰어든 각국은 '국부'를 의미하는 국내 총생산이 매년 반드시 증가해야 한다고 생각한다. 자본주의는 멈추어 있는 것을 용납하지 않는다. 이것은 특정한 정치·경제 지도자만이 갖는 환상이 아니다. 또 특정한 나라의 문화예를 들어 미국에만 나타나거나 특정한 발전 단계에만 나타나는 환상도 아니다. 본래 자본은 움직이고, 늘어나야만 한다. 그 결과 우리 사회 역시 자본의 확장에 의존하고 있다. 경제 발전이 멈추면 자동적으로 해고, 임금 삭감, 국가의 세수 고갈과 사회보장기금의 고갈분납금 납입자 수와 분납금의 감소이 발생한다. 그리고 반드시 필요한 이전移轉 수입다양한 보조금, 사회보장환급금, 은퇴연금에 돈을 대기가 어려워지기 때문이다. 경제가 신속하게 다시 성장세로 돌아서야만 어려움을 극복할 수 있다.

연평균 2퍼센트밖에 되지 않는 경제 성장으로 지난 40년간 프랑스 사회가 겪은 어려움을 생각해보자. 그런데 이 기간 전체에 걸쳐서 국부가 두 배로 늘어났다. 우리의 사회 경제적 조직은 부의 규모가 계속 커지기를 요구하고, 심지어는 국부가 더욱더 빨리 증가해야 한다고 강요한다. 매년 성장하는 부의 총액은 전년도에 성장한 것보다 더 많아야 한다. 이런 맥락에서 국부의 일정 수준만 유지하는 성장은 성장 속도가 떨어지는 것과 같기 때문에 견딜 수 없는 일이다. 단기적으로는 어느 정도 이 감속의 결과를 감수하게 되는데, 이것은 우리의 자원이 항상 화폐 수입으로 환산되기 때문이다. 사실 현대 사회에서는 화폐 이외에 무료로 제공되는 자원에 접근할 수 있는 방법이 점차 사라지고 있다. 과거를 이상적으로 생각하지 않고, 일방적으로 진보라고 여기는 많은 변화, 예를 들면 도시 계획 사업이나 노동자 계급의 확대가 개인을 점점 더 경제의 흐름에 의존하게 만든다는 사실을 깨닫는 것이 중요하다.

그리고 문제는 느린 경제 성장이 아니라, 생산이 감소할 경우 현대 사회와 경제는 몰락의 위협에 처하게 된다는 점이다. 1929년부터 1933년까지 미국 경제가 1900년대 수준으로 되돌아가면서 국부가 반 토막이 났다는 것은 생각만으로도 놀라운 일이다.

자본주의 경제는 계속해서 정체하거나 후퇴할 수 없다. 만일 그렇게 되면 경제의 정체가 누적되면서 돌연 무너지게 될 위험에 직면하게 된다이런 면에서 볼 때, 10년간 지속된 일본 경제의 정체는 아주 예외적인 현상이다. 그리고 1929년, 미국의 경제 위기그 결과 세계경제공황이 시작되었다 때문에 심한 충격에 휩싸였던 사실을 고려해보면, 2001년 9월 11일 미국이 테러를 당한 다음 날 프랑스 사회주의자들의 비장한 어조를 이해할 수 있다. 당시 프랑스 사회주의자들은 경제적 관점에서 군대를 이끄는 장군 같은 엄숙한 어조로 '소비–성장–고용 창출의 긍정적인 순환이 확보될 수 있도록 모든 인적 자원의 동원'을 호소했다. 소비자들은 '경제적 애국심'을 보여야 했고, 경제에 치명적일 수 있는 비관주의에 결코 굴복해서는 안 되었다.[64]

1929년 경제공황 이후 상품의 소비는 산업 경제 전반에 걸쳐서 반드시 준수해야 할 시민 정신으로 부각되었다. 1950년에 아이젠하워는 훌륭한 미국인이라면 '자신의 경제적 역할을 다해야' 하고, '무엇이든' 소비해야 한다고 강조했다. 라디오에서는 '물건을 사는 것이 시민의 의무이다'[65]라는 노래가 울려 퍼졌다. 실제로 과소비는 우리 경제를 확장하는 데 반드시 필요한 것이 되었다. 소비가 줄어들면 기업들은 투자를 멈추고, 생산이 줄고, 고용이 줄고, 심지어는 기술적 실업이 일어날 수밖에 없다. 전반적으로 자본주의 경제 체제는 일반 사람들이 동일한 상품을 더욱더 많이 소비하거나 새로운 형태의 상품을 소비할 때만 지속될 수 있다. 이때 지속된다는 것은 화폐로 표시되는 영리 활동의 영역이 확장되는 것을 의미한다. 오늘날 많은 사람들이 분노하고 있는 사회적, 인간적 활동의 새로운 영역의 상품화는 필연적으로 자본주의의 역동성 안에 자리 잡고 있다.

우리는 끔찍한 자본주의의 구조에 사로잡혀 있다. 끊임없이 사회를 벼랑 끝으로 내모는 것이, 아니 사회를 억지로 벼랑 끝에 세워두는 것이 자본주의의 속성이다. 1945년부터 1947년까지 프랑스의 경우를 예로 들어보자. 제1, 2차 세계대전이 끝난 뒤 프랑스 사회는 기근에 허덕이고 있었다. 빠른 시일 내에 다시 생산을 시작해야 한다는 사실은 당시 의심할 여지없이 옷, 주택, 그리고 기본적인 식량이 부족한 대부분의 사람들에게 생존과 연결된 문제였다. 그런데 모든 것이 회복된 뒤에도 계속해서 생산해내야 하는 절대적 필요성이 여전히 절박한 문제로 남게 된 것은 주목할 만하다. 자본주의 경제의 속성은 계속적으로 현대화되어야 하고, 항상 더욱 효율적이고 경쟁적이어야 한다.

한편 자본주의 경제는 결핍의 공포에 사로잡혀 있다. 자본주의 경제 안에서 생존의 문제는 결코 해결되지 않았다. 생산을 멈추면 경제는 무너지기 때문이다. 따라서 모든 사람이 만족할 만큼 기본적인 필수품이 충분히 있어도, 물건의 수량이 문제가 아니라 분배가 문제인 순간이 오더라도, 그렇게 된 지가 오래되었다고 해도, 구성원의 일부가 쓸모없거나 해로운 물건을 생산하느라 삶을 낭비하고 있어도, 어쨌든 무슨 일이 있더라도 경제는 성장해야 하는 것이다. 그러므로 새로운 욕구를 끊임없이 자극하는 것은 우리 사회의 본질이다. 왜냐하면 우리 사회는 기 드보르가 자신의 책 『스펙터클의 사회』에서 사용한 절묘한 표현대로 '증가된 생존' 논리의 포로이기 때문이다. 우리 사회는 생존다시 말해서 결핍의 한계를 항상 더 높게 설정한다. 풍요로운 삶쉬지 않고 일하고, 소비해야 할 절대적 필요에 더 이상 얽매이지 않는 진정한 삶은 우리가 풍요로운 삶에 가까워지고 있다고 믿을수록, 사람들이 풍요로움을 보여주면서 우리를 유혹할수록 우리에게서 점점 더 멀어진다.

물론 수요보다 자원이 부족한 사회의 문제를 해결하는 것은 쉽지 않다. 이미 여러 사회가 자연이 인간에게 정해놓은 한계에 봉착했다. 더구나 오늘날 지구상에 60억 인구가 살고 있고, 과거에 비해서 문제가 더욱 복잡해졌기 때문에 자본주의 사회는 이 문제를 해결할 수 없다. 자본주의라는 사회 경제 체제는 이러한 문제를 해결하기 위해서 만들어진 체제가 아니다. 정확히 말하자면, 자원의 결핍 문제를 절대로 해결하지 않기 위해 자본주의 체제가 만들어진 것이다. 그러므로 우리는 하루 빨리 자본주의 체제에서 벗어나야 한다. 하지만 모든 경제 활동을 국가의 주도로 바꾼다고 해서 해결될 문제는 아니다.

생산제일주의 이념의 두 가지 변이 형태인 자본주의와 사회주의

2세기 전부터 서구 사회그리고 이후로는 전 세계를 지배한 경제 체제에는 반대하는 입장이지만 그렇다고 20세기에 동유럽과 극동 여러 나라에 '실제로 존재하는 사회주의'가 대안이라고는 물론 생각하지 않는다. 사회주의 국가들은 수십 년 동안 형편없는 결과를 만들어내면서 사실은 자본주의의 대용품, 그러니까 국가 자본주의 또는 관료 자본주의를 실행했다. 중국이 모택동주의자의 비극에서 자본주의로 대약진을 한 속도를 생각하면 마지막까지 회의적이었던 사람들을 설득해내기에 충분할 것이다. 사실 '자유 자본주의'와 '실제로 존재하는 사회주의'는 여러 가지 면에서 생산제일주의를 강조하는 동일한 계획의 두 가지 변이 형태, 뫼비우스 띠의 양면일 뿐이다.

여기서 광고 옹호론자들은 광고가 소련에 없었기 때문에 '자유와 관계된 제도' 라는 편견을 퍼뜨렸다. 물론 미국보다는 훨씬 적었지만 사실 소련에도 광고가 있었다. 1970년대 소련이 광고에 투자한 돈은 겨우 이탈리아가 투자한 광고비 수준이었다. 계획 경제의 광풍 때문에 어떤 제품은 매우 부족하고, 어떤 제품은 남아돌았다. 제품이 원활하게 유통되도록 다른 산업 국가들이 하듯이 소련에서도 광고에 호소했다.[66]

그래서 사회주의는 항상 더 생산해야 하는 절대적 필요성에 대해 추호도 의심하지 않았으며, 이 절대적 필요성을 위해서 인간과 자연을 이용했다. 끝없는 축적의 역동성을 자본주의의 특성으로 규정하는 우리는 사회 문제를 사유 재산의 문제로만 보려 하는 (유감스럽게도 아주 많은) 사람들과는 확실히 다르다. 산업 경제에서 사유 재산에 관해서 어느 정도 국유화가 되어야 하느냐, 공적이냐, 사적이냐 하는 문제는 알고 보면 핵심사항은 아니다 게다가 여러 가지 면에서 우리 시장 경제는 상당히 국유화가 되었다. 현대 사회에서 생산하는 것을 고려해보면 근본적으로 같은 역학으로 움직이는 두 가지 관리방식 중에서 한 가지만을 선택할 수 있고, 비판을 받아야 하는 것은 이미 현실에 적용된 것이다. 현실에 적용해보지 않은 것을 비판할 수는 없지 않은가?

소련과 그 위성 국가들은 경제에 관해서 생산수단의 공유화, 중앙집권화, 관료주의적 계획화를 선택했다. 여기서 그 이유를 일일이 얘기할 수는 없지만 여러 가지 이유에서 소련의 선택은 '자유 경제' 보다 비효율적이라는 것이 드러났다. (계획 경제와 국가의 개입으로 어느 정도

통제된) '시장 경제'를 특징으로 하는 자본주의가 부를 축적하는 데 더 도움이 되었다. 무엇보다 자본주의는 19세기에 사회주의만이 줄 수 있을 것이라고 믿었던 물질적인 안락함을 파는 데 성공했기 때문이다. 제 1, 2차 세계대전 이전에는 대중에게 멸시를 받던 이 자본주의 경제 체제가 먼저 사라지지 않고, 삶의 조건을, 특히 노동자 계급의 삶의 조건을 개선 일시적이고 허울뿐이었겠지만 했다는 것은 사실 상상조차 할 수 없는 일이었다. 현대인들은 생계수단과 생산수단을 직접 통제할 수 있는 권리를 모두 박탈당하는 대가로 광고가 항상 그들의 놀란 눈앞에서 흔들어대는 상품을 맘껏 소비할 수 있는 권리를 (물론 불평등하게) 부여받았다.

이런 이유가 있었기 때문에 20세기 전반기까지 있었던 인간 해방을 위한 시도를 잠재우기에 충분했던 것이다. 그리고 1968년과 그 이후의 항거는 인간 해방을 위한 시도의 마지막 메아리 같은 것이었다(1968년에 드골 대통령이 주도하는 권위주의적인 사회 제도에 반대하는 대규모 학생과 노동자 시위가 발생해서 프랑스 사회를 완전히 바꿔놓았다 — 옮긴이).

광고는 자본주의 사회를 지탱하는 한 기둥이다. 아무것도 생산하지 못할 것이라고 생각했던 광고는 점차적으로 독립적인 생산 분야가 되었다. 사실 광고는 자본주의 사회에서 중요한 것, 다시 말해서 사고자 하는 욕망, 끊임없는 욕망의 재생산을 가능하게 한다. 광고는 남이 하는 것을 따라 하도록 만들고, 전통적인 생활을 독자적으로 해내지 못하게 부추기고, 일정한 틀에 맞추고, 개인의 상상을 억누르면서 현재 사회 질서를 유지하는 가장 핵심적인 역할을 담당하고 있다. 따라서 이 질서를 문제 삼지 않으면서 광고의 폐해에 대해 이의를 제기하려고 하는 것은 헛된 일이다.

소비자중심주의의 일반화

산업이 혁신적으로 발전하는 여러 단계를 거치는 동안 자본주의의 발전은 끊임없이 일상생활을 밑바닥부터 뒤집어놓았다. 소비자중심주의는 이런 역동성의 사회 문화적 결과이다. 소비는 이제 우리 사회의 논쟁거리가 되었고, 환상의 대상이 되었다. 장 보드리야르가 말한 것처럼 소비는 우리 시대의 윤리이다.[67] 그러나 소비 사회에 관해서 언급할 때, 자칫 소비 사회는 산업생산 사회와 근본적으로 다를 것이라는 오류에 빠질 위험이 있다. 마치 소비 사회와 산업 사회가 독자적으로 존재할 수 있고, 자본주의적 생산방식이 과소비를 하는 생활방식을 초래하지 않을 수 있다고 착각하게 된다는 것이다.

물론 쇼핑센터와 슈퍼마켓을 중심으로 형성된 우리 사회에서 공장이 중심이 되는 산업 사회가 완성되기까지는 역사적인 간격이 있었다. 쇼핑센터와 슈퍼마켓은 생산 공장의 세계적인 조직망을 전제로 하는 '소비 공장'이다. 19세기에 자본주의는 생산 시설과 부자나 쓸 수 있는 사치품을 우선적으로 생산했다. 일반인들이 흔히 쓰는 물건들은 집에서 만들거나 소규모 지역 상점에서 팔았다. 20세기에 들어서자 일반인들의 소비가 점차적으로 자본주의 유통 구조에 통합되었다. 이렇게 소비자중심주의가 일반화되는 과정에서 광고는 결정적인 역할과 제한적인 역할을 동시에 담당했다. 소비자가 광고라는 미끼를 무는 것은 광고가 존재하기 전에 이미 존재했던 사회적, 충동적 역동성에 광고 체계가 근거를 두고 있기 때문이다. 또 우리의 생활 조건이 광고의 이미지와 다르게 사는 자유를 거의 허용하지 않는 일이 아주 빈번하게 벌어지고 있기 때문이기도 하다. 하지만 이런 소비자중심주의의 일반화가 경제적이고 정치적인 양면적 필요성에 부응했기 때문이라는 것을 우선 강조해야 한다.

시장을 장악할 경제적 필요성

생산제일주의를 기반으로 해서만 소비자중심주의가 가능했다고 말하는 것으로 그치면, 그것은 새로운 생산수단들이 인간에게 제공했다고 볼 수 있는 '역사적인 기회'라고 소개하는 것이나 다름없다. "당신은 그것을 꿈꾸었고, 소니는 그것을 만들었다" 같은 광고에서 알 수 있듯이 소비자중심주의는 과거의 시대가 항상 기대했을 법한 상상의 낙원, 다시 말해서 현실이 된 항구적인 유토피아일 것이다. 기업이 소비자들의 '가장 깊이 자리 잡은 욕구'를 실현시켰다고 주장하는 것과 마찬가지로 소비자중심주의는 인류가 소망했던 '까마득한 옛날의 꿈'을 이루기 위해 출현한 것으로 보인다. 말하자면 다음에 나오는 동화와 같은 것이다.

"옛날, 아주 먼 옛날에 필요한 것이 아주 많은 인간이 있었다. 그런데 자연이라는 못된 계모가 벌을 주어 인간을 궁핍하게 살게 했다. 인간은 진보와 경제학이 제시한 길을 오랫동안 걸은 끝에 항상 꿈꾸었던 산업 사회를 만나게 되고, 마침내 행복을 찾게 되었다."

그러나 실제 역사는 이 동화와는 전혀 다르다. 소비자중심주의는 역사적인 관점에서 보면 필요불가결한 조건이고, 자본주의의 생존에 필요한 것이었다. 소비자중심주의가 자본주의의 논리적인 귀결인 것은 우리의 생활방식을 구체적으로 살펴보면 확실히 알 수 있다. 19세기에 공장에서 이루어지는 노동의 특징이었던 모든 것들이 19세기 이후에는 일상생활로 확장되었다. 분 단위로 쪼개어가며 시간표를 만들고, 일분일초라도 낭비하지 않아야 한다는 압박, 합리적인 일상생활효율성이 절대적으로 중시되고, 성과를 우선시하는과 자동화 기계의 지배가 대표적인 특징이다. 사람들은 성능이 뛰어난 최신 제품을 사기 위해 알뜰한 생활을 한다. 소비는 소비 대상의 형태와 소비의 분량에 의해서 산업화가 되었다.

일상생활에서 산업화가 필요했고, 이에 따라 산업화가 강요되었으며, 그것이 광고에 의해서 부추겨졌다고 확신하더라도, 우리는 산업 세계와 소비자중심주의에 매혹된 사람들과 부딪치게 될 것이다. 자신들이 마스코트로 여기는 상품이 생산된 공장에 한 번도 발을 디뎌본 적이 없기 때문에 그들은 더욱더 열성적이다. 그들은 소비자중심주의가 오로지 개인의 '자유로운 선택'이라고 생각한다. 자유주의 이념의 재생산은 개인적인 신념의 즉각적인 지지를 받는 이점이 있다. 그리고 개인적인 신념이 일반적으로 다른 것의 영향을 받을 수 있다는 사실을 인정하지 않는다. 이런 사실을 부인하면 싸워보지도 못하고 지게 될 것이 뻔하다.

자유롭게 최종적인 결정을 내릴 수 있다고 믿게 하는 것이, 사실은 그렇지 않다는 사실을 이해시키는 것보다 항상 더 쉽기 때문이다. 어려운 일이지만 그래도 《프린터즈 잉크 *Printer's Ink*》라는 유명한 광고 잡지에서 1920년대 미국 광고계에 관해 이야기한 부분을 다시 보면서 시작해 보자.

"현대의 생산 도구 덕분에 사람들 대부분이 안락함을 누리고 여가를 즐기게 됐다. 현대의 생산 도구는 안락함과 여가를 반드시 필요한 것으로 만들었다. 그리고 제품을 만드는 능력만큼 '고객을 만들어내는 능력' 에 따라 기업의 운명이 좌우되는 상황이 되었고, '고객을 만들어내는 능력' 이 절대적으로 필요하게 만들었다.[68]

이 글은 소비자중심주의가 개인의 자유를 중요시한다고 보는 자유주의적 해석이 거짓이라고 반박한다. 자유주의적인 해석은 우리의 시스템인 '시장 경제' 와 소련의 시스템인 '계획 경제' 를 비교한다. 옛날 시골 장터에서 출발하여 우리가 상상하는 모델인 이상적인 시장은 '수많은 생산자' 들이 여러 제품을 경쟁적으로 내놓으면 소비자들이 그것을 선택하는 시장이다. '보이지 않는 손' 은 공급을 수요에 맞추고, 생산자들이 소비자들의 요구에 복종하도록 지시한다. 이것이 '고객이 왕' 인 '민주적인 시장democratic market-place' 의 이론이다. 반면에 계획 경제에서 소비자에게 무엇을 제공할지 결정하는 주체는 관료들이다. 그러므로 개인이 '본래 가지고 있는 필요' 와 '자발적인 욕구' 를 이유로 내세워 소비자중심주의의 확산을 설명할 수 있다.

이 이론은 아담 스미스의 생각에서 영감을 얻으려고 한다. 아담 스미스는 산업 사회 이전인 18세기 말에 살던 사람이고, 이 시기에는 광고라는 것이 없었다. 이 이론은 판매를 중개하는 사람을 고려하지 않고 수요와 공급의 균형 문제를 분석한다. 또 생산자와 소비자 사이를 중개하는 광고를 아예 없는 것처럼 무시한다. 사실 상업적인 술책으로 보이는 것을 '순수한 시장', '일반적인 균형'과 같은 현학적이고 추상적인 이념에 포함시킨다는 것이 부적절하다고 생각했을 것이다.

미국 경제학자인 J. K. 갈브레이스는 산업 분야가 계속 확장해나가는 상황에서 수많은 생산자들이 '소수의 대기업'으로 변신하는 특징을 보이는 현대 경제에 이 이론이 들어맞지 않는다는 것을 증명했다. 기업들은 기업 집중의 차원에서 출발하여 시장을 예측하고, 그래서 그들의 경제 활동을 계획해야만 한다. 기업이 몇 년 뒤를 내다보고 거액을 투자할 때에는 대량생산한 제품이 팔릴 것이라는 확신이 있어야 한다. 바로 그 지점에서 시장은 뒤바뀐 순서의 우위를 인정하게 된다. 다시 말하자면 수요가 공급을 제어하는 것이 아니고 공급이 수요를 제어한다. 이러한 제어 작용은 거대한 커뮤니케이션망과 상업 조직과 판매의 과시 그리고 광고 산업의 거의 대부분을 소유한[69] 산업에 의한 시장의 조작을 의미한다. '보이지 않는 손'은 광고 시스템과 협력하면서 어디에서나 집중적으로 선전을 해대고 있다.

그러므로 자유주의자를 자칭하는 사람들이 항상 우리에게 찬양하는 것은 스미스의 시장과는 전혀 관계가 없다. 앙리 르페브르의 표현을 빌리자면 실제로는 '소비를 통제하는 관료 사회[70]' 일 뿐이다. 이 사회는 독일의 프랑크푸르트학파, 프랑스의 사회주의 혹은 야만 협회(1949년부터 1967년까지 프랑스에 존재했던 혁명적인 조직으로, 스탈린주의에 반대함. 사회주의라고 불리는 모든 국가를 국가주의적 자본주의 국가로 간주함—옮긴이), 미국의 상업주의 연구 센터, 그리고 당연히 상황주의(1950년대 후반의 정치, 문학, 예술 전위운동—옮긴이) 인터내셔널의 비판을 받았다.

소비자중심주의, 사회적 통제를 위한 정치적 계획

스튜어트 이웬은 제1, 2차 세계대전 사이에 미국 소비자중심주의의 이념과 광고의 역사를 다룬 『지배당한 의식*Consciences sous influence*』이라는 책에서 이런 경제 분석을 확실하게 정의하고 있다. 우리는 산업 분야의 작업방식이 일반적으로 경영자의 강요에 의한 것이라는 것을 알고 있다. 노동자들은 산업의 발달이 가져오는 노동 조건의 악화를 경험하고, 때로는 이에 저항하기도 했다. 마찬가지로 소비자중심주의 역시 특히 광고를 매개로 하여 별다른 저항 없이 산업에 강요를 당한다.

19세기 말에 이루어진 생산의 산업화로 상품은 양적으로 엄청나게 늘어나고, 미국 대기업의 경영자들은 그들 중 한 사람이 말한 것처럼 '일정한 수준과 형태의 소비를 강요하게 될 것' 이라는 사실을 재빨리 알아차렸다.[71] 실제로 노동 계급이 '소비 대중' 의 자격이 되어 새로운 방식으로 산업 시스템에 개입할 것이며, 개입해야만 할 것이라는 생각이 점점 자리를 잡기 시작했다. 그런데 이런 경제적인 필요에 정치적인 필요가 더해졌다. 20세기 초반에 미국은 사회적으로 대단히 혼란스러웠다. 노동자들은 임금 상승보다 현대판 노예라고 할 수 있는 노동 조건의 개선을 강력하게 요구했다. 1915년, 영향력 있는 경영자인 메이어 블룸필드가 말한 것처럼 '자신이 고용한 사람노동자을 손아귀에 틀어쥐는 것'이 경영자들의 주된 과제였다. 산업에 의해서 강요된 삶의 조건을 비난하는 반자본주의자들의 열성을 어떻게 무력화할 것인가?

제1차 세계대전 이후에 사회적 투쟁은 점점 경영자의 목을 조이고, 과잉 생산의 위협은 더욱 심각해져갔다. 경영자들은 이 두 가지 문제의 해결책, 즉 일석이조의 해결책이 필요했다. 경영자들은 노동자에게 소비에 의한 안락함을 주고, 잉여 물자들을 유통시키면서 자본주의 체제를 반대하는 사람들을 달랬다. 1929년, 크리스틴 프레데릭이 내놓은 광범위한 계획은 다음과 같다.

"소비자중심주의는 새로운 강령에 붙여진 이름이다. 소비자중심주의는 오늘날 미국이 세상에 내놓은 가장 위대한 이론이다. 이 이론에 따르면 노동 대중은 소비자라고 볼 수도 있다. 따라서 다음과 같이 생각해야 한다. 소비자들에게 더 많이 팔고, 더 많은 이윤을 남기려면 더 많은 임금을 지불하라." 『*Selling Mrs. Consumer*』

소비자중심주의를 일반화하려는 생각은 이해관계와 무관한 것이 아니다. 늘 그랬던 것처럼 이것은 이익은 내면서 경영을 자주관리自主管理

하겠다는 노동자들의 이상에서 노동자들을 멀어지게 하려는 것이다. 그런데 소비자중심주의라는 이 야심 찬 구상은 아주 큰 반향을 불러일으키게 될 것이다. 왜냐하면 사실 이 야심 찬 구상이 인간과 사회 질서에 대한 새로운 개념을 함축하기 때문이다.

소비자는 추상적이고, 개인주의적이며, 비정치적인 존재이다. 단일화된 의미로 분류할 수 있는 게 아니라 하나의 역할이기 때문에 추상적인 개념이다. 그러나 광고업자들은 규격화된 상품을 팔기 위해 그 대상을 보통 사람들로 정하고, 그들에게 호소함으로써, 사람들을 동질화시키고 표준화시킬 것이다. 또 소비자는 개인주의적이고, 비정치적인 존재여서 프롤레타리아와는 달리 개인적인 차원의 요구만 한다. 소비자들은 어떤 계급에 속하는 것이 아니라 대중이다. 그런데 광고업자들은 이 새로운 개념을 급기야는 모든 사람에게 강요하고, 프롤레타리아 이외의 사람시민, 인문주의적 지식인, 현실 참여 노동자……들을 구시대적인 발상을 하는 사람들로 만들어버렸다. 이렇게 해서 인간은 생산 라인의 부속 기관과 같은 지위로 하락했다.

이 개념은 새로운 사회 통제의 형태를 내포하고 있기도 하다. 이웬은 기업의 선장船長은 책임감 있는 선장이 되기를 원했다는 것을 주장한다. 1925년, 메이어 블룸필드는 "인사 담당 책임자라는 새로운 직업이 노동자들의 삶의 환경을 합리적으로 만드는 데 관심을 가지려면 공장을 조직하는 문제를 넘어서야 한다"고 선언했다. 광고는 경영management을 일상생활로, 특히 가정생활로 연장하는 계획을 추진하면서 이상적인 수단으로 등장했다. 이것은 공장에서 생산한 것을 집에서 소비하라고 대중을 부추겨 자본 축적에 한 번 더 대중을 이용하는 셈이다. 따라서 광고비가 미국 국가 수입에서 차지하는 비율이 역사상 최고를 기록한 것이 바로 1920년대였다는 것은 놀랄 만한 일이 아니다. 1922년, 광고비는 국가 수입의 4.3퍼센트를 차지했다.[72]

합리적인 생산을 위해 노동자의 노동에 관한 세부적인 연구가 필요했던 것처럼 전문가들은 대중의 일상생활을 세밀하게 분석하기 시작했다. 사회적 목표 설정을 자세히 파악하기 위해서 '삶의 방식'을 분석하는 선진 커뮤니케이션 센터의 설립자 카틀라는 다음과 같이 주장한다.

"대중의 소비가 강요되는 사회에서 개인들 간의 사회적이고 사적인 생활이 점차 생산자들의 관심을 끌고 있다. 생산자들은 대중의 생활을 알고 싶어 할 뿐만 아니라 심지어는 대중의 생활을 앞장서서 이끌어 나가려고 한다."

광고는 시스템 균형에 반드시 필요한 소비의 사회 교육기관이다. 광고의 임무는 '소비자라는 직업'에 관한 교육을 하는 것이다.[73] 소비는 사회가 강요한 노동이고, 광고는 소비 사회에서 한 사람도 빠짐없이 소비자라는 역할을 충실하게 수행하도록 해야만 한다.

만약 소비자중심주의가 자연스럽게 확산되었다고 믿는다면 그것은 대단한 착각이다. 소비자중심주의를 내세우는 삶의 방식 뒤에는 자본주의 체계를 강화하기 위한 계획이 숨어 있다. 물론 이 계획을 일반화시키는 데 광고가 중요한 역할을 했지만 광고가 독자적으로 모든 일을 담당한 것은 아니다. 광고는 광고 이전에 있었던 소비의 역동성을 한 방향으로 유도함으로써만 자신의 역할을 담당할 수 있다. 《프린터즈 잉크》에 보면 광고쟁이는 '쉴 새 없이 소비자들을 만들어내는 일'[74]을 한다고 명시하고 있다. 이 같은 선언은 무엇보다 막강한 힘에 대한 광고쟁이의 환상을 표현한 것이다. 광고쟁이들이 손가락으로 가리키는 환상을 보는 것만으로는 소비자중심주의를 이해할 수 없다.

차별을 위한 사회적 논리로서의 소비

소비자중심주의가 지향하는 삶의 방식은 명백히 병적이기 때문에 소비자중심주의의 일반화에 광고가 역할을 하고 있는 것은 더욱더 큰 문제가 된다. 인간은 원칙적으로 만족을 하게 되면 더 이상 소비하지 않는다. 그러나 소비자중심주의 사회에서는 마치 끝이 보이지 않는 듯 모든 것이 진행된다. 소비는 '충족될 수 없게 되고' 소비 자체가 '목적'이 된다. 한정된 필요를 만족시키기 위해서 소비하는 것이 아니라, '소비하기 위해서' 소비한다. 따라서 쇼핑은 이런 소비 행태의 최종 단계가 된다. 쇼핑할 때는 충동적인 욕구와 사고 싶은 욕망이 사고 싶은 물건에 대한 필요를 대신한다. 소비자중심주의는 계속 사먹다가는 뚱뚱보가 된다는 사실을 알면서도 먹지 않을 수 없는, 상품에 대한 강렬한 욕망이며, 마약과도 같은 것이다.

인간의 소비가 동물의 영양 섭취처럼 생명과 관계된 필요에 의한 것이라는 순진한 생각을 하고 있다면 이런 이상 행동을 도저히 이해할 수 없을 것이다. 에너지를 충분히 확보하기 위해서 음식을 섭취하는 것은 확실히 살아 있는 모든 생물체가 생명을 유지하는 데에 반드시 필요한 일이 된다. 그러나 인간은 단순히 어떤 물건의 쓰임새를 위해, 필요를 만족시키는 가치의 차원에서 소비하지 않는다. 소비는 사회적이고 문화적인 의미도 지니고 있는데, 사람들은 소비한 것에 의미를 부여하고, 소비한 것을 사회적이거나 문화적인 상징으로 조작한다. 때문에 남과 구별되기 위해서 그리고 타인의 시선에서 자신의 정체성을 확인하기 위해서 소비한다. 남에게 보이기 위해 소비한다는 논리는 원시사회 때부터 항상 있어 왔다. 사람들은 유행하는 최신 상품을 가지고 있다는 자부심을 자신에게서나 주변 사람들에게서 확인하려 한다.

현재와 같은 불평등한 사회에서 이러한 논리는 사회적 지위 상승의 의지에 따른다. 일반적으로 개인은 사회 계층 안에서 신분 상승을 갈망하고, 신분을 상징하는 물건을 소유함으로써 얻어지는 지위를 알리고 싶어 한다. 특권층이 아닌 사람들은 특권층과 같은 소비 수준에 접근하려고 애쓰고, 부자들은 가난한 사람들과 자신들을 구별하는 소비 행태를 유지하려고 의식적으로 노력한다. 소비가 경쟁의 대상이 되는 것이다. 미국에는 "이웃과 차이가 나지 않도록 하라" 는 속담이 있다.

그래서 소비는 필요를 만족시키는 개인적이고 생물학적인 논리에 따르지 않고, 소비된 재화를 신분을 표시하는 기호로 보는 사회적 논리에 따른다. 보드리야르가 말한 것처럼, 사람들은 결코 (사용가치가 있는 그대로) 물건 자체를 소비하는 것이 아니라 (넓은 의미에서) 물건을 어떠한 기호로 만들어버린다. 그런데 이러한 기호는 때로 당신이 이상적이라고 생각하는 집단에 당신을 소속시키거나 혹은 우월한 집단과 비교해서 당신이 속한 집단을 구별하면서 당신을 구분 짓는다. 이제 소비자중심주의의 악순환을 더 잘 이해할 수 있을 것이다. 사회 계층 안에서 각 개인은 항상 우월한 지위 혹은 열등한 지위와 관계를 맺기 때문에 명예를 얻기 위한 경쟁은 그것을 선망하는 집단을 따라잡으려고 하고, 멸시하는 집단과는 차이를 두려고 하는 것과 연관된다. 이러한 과정은 끊임없이 반복된다. 사람들은 항상 따라하고 싶어 하는, 자기보다 높은 것을 찾아낼 것이고, 자기와 거리를 두어야 할, 자기보다 낮은 것을 찾아낼 것이다. 이러한 상대성만으로도 소비의 근본적인 특징, 그러니까 무제한적인 특징을 설명할 수 있다.[75]

차별이라는 사회적 논리가 소비를 규정한다는 사실을 모르고서는 소비자중심주의를 이해할 수 없다. 그렇다고 해서 이 논리만으로 소비자중심주의를 설명할 수도 없다. 소비가 끝없는 악순환에 빠져들게 하고, 끝없이 소비를 필요하게 하는 것은 바로 산업자본주의이다. 사실 자본주의 논리는 자본주의보다 먼저 존재했던 차별의 논리와 합쳐진 것이다. 보드리야르는 광고의 역할에 대해 과소평가했지만 사실 광고의 역할은 대단히 중요하다.

"광고는 소비를 기준으로 하여 사람을 구분 짓는다는 사회적 논리와 산업 생산에 의한 자본의 축적이라는 경제적 논리의 짝짓기를 담당한다. 그리고 이 짝짓기가 바로 소비자중심주의를 정확하게 규정하는 표현이다."

소비의 논리는 공산품을 과소비하는 것으로 다른 사람과 서로 구별되도록 노력하는 것과 관련이 없다. 사람들은 남과 다른 것을 소비함으로써, 또는 다른 것을 덜 소비함으로써 서로 구별된다. 부르주아들은 오래된 수공업품을 유별나게 좋아했고, 자신들의 공장에서 나온 조악한 상품에 대해서는 (충분히 이해할 만한) 혐오감을 드러냈다. 그래서 소비를 다시 산업의 궤도에 올려놓아야 했다. 그렇다면 광고는 어떻게 소비에 매달렸을까?

새로운 필요를 전파하기 위해서 선망하도록 자극하기

광고업자들은 광고에 대해 설명할 때 '필요besoin'와 '욕망désir'이라는 개념을 자주 사용한다. 그러나 필요에는 한계가 있어서 소비자중심주의의 광범위한 논리를 모두 설명할 수 없다. 흔히 필요보다는 욕망에 관해서 말하는데, 욕망에는 끝이 없기 때문이다. 그런데 욕망의 거친 역동성이 과다한 지출을 하게 만들 것 같지 않은 전자레인지나 운동화를 목표로 삼는 것에 대해 진지하게 생각해본 사람은 아무도 없을 것이다.

소비자중심주의 속에서 우리는 결코 우리의 욕망과 필요를 만족시키지 못한다. 현 시대를 살아가고 있는 사람들이 느끼는 공허, 권태, 무기력감이 그것을 증명해주고 있다. 반면 의도적으로 소비 생활을 멀리하는 데 성공한 사람들은 성숙한 삶을 살고 있는 것이다. 그들은 끊임없이 무엇인가를 더 바라거나 하지 않는다. 우리들의 필요와 남몰래 간직한 욕망을 만족시키려면 소비자중심주의의 논리에서 벗어나야 한다. 욕망과 필요라는 개념을 가지고는 소비자중심주의를 설명할 수 없다. 물론 이 개념들을 개인이 아닌 산업 시스템에 적용할 수는 있다. 산업 시스템이 발전하기 위해서는 실제로 우리의 '필요'와 '욕망'이 있어야 하기 때문이다.

소비자중심주의는 필요나 욕망과는 전혀 다른 선망envie의 차원에서 좌우된다. 무엇인가를 선망하는 것은 한편으로는 이것이 없어서는 안 되는 것이 아니라는 의미이고이것은 필요가 아니다, 또 한편으로는 우리 존재의 가장 밑바닥에서부터 갈망하는 대상이 아니라는 것을 의미한다이것은 욕망이 아니다. 선망은 사회적이고, 일시적이며, 항상 지위를 갈망하는 개인들과 연관된다. 광고는 사람들을 동요시킨다. 멋진 모델을 내세워 부러워하는 마음이 생기게 하여 갈망하게 만들고, 광고가 제안하는 고정관념에 맞추기 위해 가져야 하는 물건들을 새것으로 재빨리 바꾸도록 부추긴다.

"소비자중심주의의 세계는 선망하는 사람들의 사회적 세계이고, 순간적인 변덕이 지배하는 세계이다."

그러니까 소비자중심주의가 아무런 만족을 주지 못한다는 것에 놀라서는 안 된다. 욕망이 클수록 기쁨도 크고, 결핍의 시간이 길어질수록 욕망은 커진다. 하지만 선망에는 욕망이 존재하지 않는다. 선망에 따라 움직이면 순간적인 기쁨을 맛볼 뿐이다. 이것은 응석받이 아이들이 물건을 사고 나서 우울해지는 것을 보면 알 수 있다. 물건을 사고 난 뒤의 들뜬 마음은 계산대를 지나는 순간까지 지속될 뿐이고, 들뜬 마음이 생겼던 것만큼이나 빠르게 사라지고 만다. 선망은 근본적으로 '슬픈 열정' 이다("이 열정에 우리는 슬픔을 덧붙일 것이다." 『신, 인간 및 인간의 행복에 관한 소논문 *Court Traité de Dieu, de l'homme et de la béatitude*』(1660) 7장 2절, 스피노자—옮긴이). 슬픔에 사로잡힌 채 부러워하는 마음은 좌절감을 불러올 뿐이다. 왜냐하면 끊임없이 선망하는 누군가, 무엇인가가 생겨나기 때문이다. 이것이 바로 소비자중심주의의 간교한 계책이다. 단지 욕구에만 근거를 두고 있는 소비자중심주의는 회피 속에서 자라난다. 회피는 사람들을 만족시키지는 못하지만 자본주의 체제에 기름칠을 하는 장점은 있다. 이와 관련해 세겔라는 이런 말을 했다.

"우리는 과소비 사회에서만 발전할 수 있다. 과잉 소비는 자본주의 사회에 반드시 있어야 한다. 이 불안정한 사회는 선망의 숭배에 의해서만 지속될 수 있다."[76]

광고는 소비자중심주의를 견고하게 하는 데 필요한 선망을 부추긴다. 광고는 도저히 따라잡을 수 없는 미모의 모델을 내세워 화장품이 잘 팔리도록 한 다음에, 화장품의 사용만으로는 충족시킬 수 없는 좌절감을 계속해서 느끼게 만든다. 광고장이들은 '필요의 마케팅' 이후에는 '좌절감의 마케팅' 으로 이어져야 한다고 말한다.[77] 이와 관련해 《프린터즈 잉크》에서는 다음과 같은 글을 볼 수 있다.

"광고는 대중이 자기 삶의 방식에 만족하지 않고, 자신을 둘러싸고 있는 추한 것에 계속 불만을 품도록 만든다. 광고업계의 관점에서 보면 좌절하는 고객이 만족하는 고객보다 더 큰 이익을 가져다준다."[78]

소비자중심주의는 욕망과 전혀 관계가 없는 반면 광고는 의도적으로 에로틱한 욕망을 겨냥해 모든 것을 리비도의 후광으로 둘러싼다. 광고는 에로틱한 욕망을 불러일으켜 이것을 상품을 사고 싶은 욕구로 변화시키기 위해서 추파를 던진다. 갖지 못해서 안달이 나게 만드는 것이다.

"욕구를 불러일으키고susciter, 욕망을 자극하고exciter, 사도록 유도해야inciter 한다."[79]

광고는 주로 '허리띠 밑'을 공격한다('비겁한 방식으로 공격하다'라는 뜻—옮긴이). 광고는 새로운 필요를 만들어 퍼뜨리고 싶어 하는 사람들을 한번 붙잡으면 절대로 놓아주지 않는다. 그것이 바로 광고의 역할이기 때문이다.

생존하기 위해 반드시 있어야 하는 필요를 충족시키는 것을 제외하면, 무엇인가를 소유하기 전까지는 그것이 필요하다고 느끼지 않는다. 사실 어떤 것을 소유하면 그것에 의존하게 되는 경우가 흔히 있다. 어떤 물건에 익숙해진 뒤에는 우리가 소유한 그 물건이 우리를 소유하게 되는 것이다. 마약이 그런 전형적인 과정을 보여주는 좋은 예이다. 기업가들은 자신들이 만들어낸 새로운 제품을 사도록 부추길 방법을 찾아내려 애쓴다. 그래야 사람들이 그 제품에 익숙해지기 때문이다. 여기서 광고는 새로운 필요를 만들어내는 데 사용된다. 새로운 필요가 만들어지는 과정은 이렇다.

(1) 사람들은 어떤 물건이 필요하다고 느끼지 않는다. (2) 광고가 사람들에게 사고 싶은 마음을 부추긴다. (3) 사람들은 그 물건을 사고, 결국은 그것 없이 지낼 수 있으리라는 것을 생각조차 할 수 없게 된다. 그 물건을 소유하기 전에는 그것이 쓸데없는 것으로 보였지만, 결국 그것은 없어서는 안 될 물건이 된다.

필요를 창출하는 것은 광고업자가 아니라 '정기적인 소비' 이다. 필요를 만들어내는 첫 과정에서 중요한 역할을 한다는 이유로 광고업자의 역할이 과장되어서는 안 된다. 우리는 광고업자의 손에서 놀아나는 무기력한 장난감이 아니다. 광고업자들의 힘은 바로 우리들의 구매 동기를 한 방향으로 유도하면서 우리를 '적극적인 소비자' 로 만드는 데 있다. 일반적으로 광고업자들은 문화가 억제하고 순화시키려고 하는 소유와 차별과 경쟁의 충동을 어떻게든 드러내려 한다. 다른 한편으로는 욕망, 열정, 그리고 상상의 세계를 상품을 통해 투영시키려 한다. 이때 광고업자들은 배우들을 통해서만 이런 역할을 할 수 있다. 이 배우들에 비하면 광고업자들은 점점 무대 저편으로 밀려나는 단역이다.[80] 사실 광고는 몇 가지 중요한 작동 원리를 우리에게 보여줘야 하는 아주 큰 기계의, 특별히 잘 보이는 톱니바퀴일 뿐이다.

산업적 광고 시스템의 전략

광고는 새로운 상품을 내놓기 위해서 아주 오래전부터 인간이 가지고 있는 열정인 호기심에 의지한다. 인간을 권태롭지 않게 해주는 새로운 것에 대한, 발견에 대한 목마름은 주로 지적이고 문화적인 방식으로 표출된다. 호기심은 더 공정하고, 더 인간적인 새로운 질서를 갈망하는 정치적인 의미를 지니기도 한다. 그래서 우리는 자본주의가 이 열정을 소비로 유도하려고 하고, 또 소비를 새로운 먹잇감으로 만들어버린다는 것을 알고 있다. 그렇게 하는 데에는 다양한 전략이 사용된다. 견본과 무료 테스트 외에도 광고는 흔히 포장만 바꾼 것을 '믿을 수 없을 정도로 새로운 것' 이라고 소개한다. 때문에 우리는 소비를 '유희적이고 냉소적인 경험' 이라고 예찬하는 것에도 주의해야 한다.

흔히 새로운 제품을 구입할 때 문화적 장애에 방해를 받는 경우가 있다. 그래서 광고는 이 문화적 '걸림돌'과 '심리적 제어 요인'을 없애려고 애쓴다.[81] 새로운 것을 숭배하게 하기 위해서 광고는 시대에 뒤처져서 소외되면 어쩌나 하는 개인적인 두려움을 이용하여 전통에 낙인을 찍고, 시대에 뒤처진 사람으로 하여금 죄의식을 느끼게 한다. 실례로 초창기 미국 광고업자들은 미국인들의 삶의 방식, 문화, 그리고 가문이나 환경에서 물려받은 모든 것을 수치스럽게 생각하도록 유도했다. 스튜어트 이웬이 말한 것처럼, 그들은 '자아가 다른 문화를 접촉해서 일으키는 문화 변용'[82]을 겨냥했다. 네슬레가 제3세계에 분유를 보급할 때 사용한 방식이 그 좋은 예이다. 다음은 네슬레가 아기에게 모유를 먹이지 말라고 권할 때 사용한 광고 문안이다.

"빨 수 있는 꼭지가 달린 병으로 아이를 키우는 것, 이것이 현대적이고, 과학적이고, 위생적이다. 이것은 서구적이라서 고급스럽다. 이 우유병은 부유한 사람들이 사용하기 때문에 바람직하다. 교양 있는 여성들은 우유병을 사용한다. 아이를 사랑하는 어머니는 락토젠을 산다."

네슬레는 이런 식으로 협박하면서 소아과 의사들을 판매 전략에 끌어들였다. 모유가 더 위생적인데도 모유를 대체하는 상품의 소비를 지지하도록 소아과 의사들을 매수한 것이다. 사실 모유에는 유아에게 꼭 필요한 항체가 들어 있다. 물이 오염된 나라, 너무 가난해서 불결한 위생 상태 때문에 고무젖꼭지와 우유병이 심하게 오염될 수밖에 없는 나라에서는 자연적인 여과장치인 모유가 꼭 필요하다. 그럼에도 이러한 전략 때문에 수백만 명의 유아가 죽었다.[83] 상황이 이러한데도 광고업자들은 아랑곳하지 않는 듯 자신 있게 이렇게 말한다.

"이것이 바로 광고의 역할이다. 광고의 역할은 다른 곳에서 들어온 소비의 형태를 전폭적으로 도입해서 문화적 혼돈을 유발하는 것이다."[84]

그러나 문화적 전통에 맞선 전쟁에서 힘을 발휘하는 것은 미디어 시스템, 특히 재미있는 연속극이다. 연속극은 현대 사회의 부유한 가족의 생활을 보여주면서 새로운 삶의 방식을 꿈꾸게 한다. 연속극을 '소프 오페라soap-opera'라고 불렀는데, 그것은 앵글로 색슨 계열의 세제 제조업자비누, 세탁용 가루비누, 화장품 등의 생산자들이 이 연속극의 광고주였기 때문이다. 광고 양성소로 불릴 정도로 홍보에 많은 투자를 하는 세제 회사 프록터 앤 갬블은 텔레비전 연속극 「대담한 자와 미인(The Bold and the Beautiful, 미국 의상계의 두 집안(스펜서, 포레스트)의 경쟁 관계를 보여주는 텔레비전 연속극(1987-2008) —옮긴이)」 제작에 전액을 투자했다. 옷 세탁洗濯에 사용되는 세제 제조업자가 시청자들의 세뇌洗腦 작업에 참여한 것이다. 세탁과 세뇌의 공통점은 씻어버리는 것이다.

소비 분야에는 항상 경쟁 논리가 존재하고, 미디어는 경쟁을 심화시킨다. 따라 해야 할 대상은 옆집 사는 가족이 아니라 스타들이다. 스타 시스템은 산업 시스템과 긴밀한 동맹 관계에 있다. 새로운 것을 널리 알리는 데 유명 인사를 이용하는 것보다 더 효과적인 방법은 없다. 유명 인사들은 소비자중심주의의 전위avant-garde 역할을 하면서 매력 있게 보이기 위해서 최근에 나온 터무니없이 가격만 비싼 저급한 상품을 열심히 찾아다닌다. 그러면서 그들은 우쭐해하고, 팬들은 같은 것을 사고 싶어서 안달이 난다. 새로운 물건이 나오면 미디어는 그들의 쇼핑난이나 기사 형태의 광고로 신문기사인지 광고인지 헛갈리게 만들며 광고업자에게서 들은 찬사를 늘어놓으면서 새로운 상품을 반드시 소개한다. 이런 시스템은 매우 활성화되어 있다. 기업 광고 전문가의 84퍼센트가 그들의 광고가 실린 위치에 만족하며, 91퍼센트는 심지어 광고를 광고 자체로 다시 본다고 응답한다.[85]

만일 새로 나오는 공산품들이 무엇인가 내세울 만한 긍정적인 면, 다시 말해서 현대의 편의를 제공하는 물품, 덕분에 편안하고 즐거운 생활을 누릴 수 있는 안락함을 주지 못한다면 '새로 나온 것이 과거의 것을 잡아먹는 현상néophagie'이 일반화되지는 않았을 것이다. 힘들이지 않고 편리한 생활은 소비자중심주의가 보장하는 약속이다. 물론 어느 누구도 광고가 행복을 표현하는 상투적인 말과 안락함을 적당히 포장하는 것에 속아 넘어가지는 않는다. 행복이 물질적인 것이 아니라 상대적인 문제라는 것은 누구나 알고 있다. 그리고 단지 안락하기만 한 생활은 지루해질 위험이 있다는 것도 잘 알고 있다. 이런 문제를 보완하기 위해서 광고 시스템은 도피를 제안한다. 도피는 일상생활의 폐쇄적인 성격을 잘 보여주는 용어이다. 그리고 힘들이지 않고 도피하는 데 있어 상품의 새로운 점과 미디어의 흥밋거리보다 더 좋은 것이 또 있을까? 모든 것은 완벽하다. 안락과 도피, 소비자중심주의의 이 두 가지 양식은 서로 완벽하게 보완해준다.

휴대전화의 성공은 산업 시스템의 또 다른 전략을 보여준다. 뇌를 손상시키는 하찮은 도구의 유용성을 설득하기 위한 거대한 광고 전쟁 (이하 '광고전' 으로 통일)이 벌어졌다휴대전화가 전자레인지와 같은 주파수의 전자파로 작동하기 때문에 암을 유발한다고 확신하는 과학자들도 있다. 거대 광고 회사는 자녀와 연결 고리가 끊어질지도 모른다는 두려움을 갖고 있거나 자녀들을 감시하려고 하는 부모들의 마음을 광고의 주제로 삼았다. 그러나 마케팅 담당자는 일반 전화와 휴대전화 간 통화 시 할증이 붙는다는 이유를 들어 휴대전화를 구입하지 않은 사람들에게 구매를 부추겼다. 이제는 통신비를 절감하기 위해 특히 젊은 사람들이 일반 전화를 포기하는 경향이 늘고 있다. 이렇게 해서 휴대전화의 일반화는 그 자체로 유지가 되고, 휴대전화는 필수품이 되다시피 했다. 기업은 직원들을 마음대로 부리기 위해 휴대전화를 가진 사람만 채용한다. 이는 소비자중심주의가 속박을 유발하고, 속박은 소비자중심주의를 강화하는 방식의 전형적인 예를 보여준다.

각박한 삶의 조건

안락함의 매력은 소비자중심주의에 힘을 싣는 데 하나의 역할을 했지만 그러한 매력 하나만으로는 소비자중심주의를 다 설명할 수 없다. 예를 들어 사람들이 그물 침대를 사는 것만으로 만족하지 못하는 이유가 설명되지 않는 것이다. 무엇보다 안락한 생활은 역설적인 대가를 포함한다. 노동을 해야 하는 고된 삶이 그 대가이다. 사실 생활을 편리하게 해주는 공산품의 매력은 달라진 현대인의 삶의 조건으로 설명할 수 있다. 그런데 전자레인지로 요리하는 것이 일상이 된 것은, 단지 냉동식품을 전자레인지로 데워 먹기 쉽기 때문만이 아니라 무엇보다도 지하철métro을 타고 직장boulot에 가면서 더 이상 화덕fourneau으로 요리할 수 없기 때문이다(각박한 도시생활을 세 단어 métro, boulot, dodo(지하철, 직장, 수면)로 표현한다. 여기서는 dodo 대신 화덕fourneau을 사용해서 '메트로', '불로', '푸르노'로 각운을 맞춤—옮긴이). 바로 이런 때에 광고가 새로운 모습으로 등장한다. 광고는 명백한 속박을 '편안함'으로 위장하고, 점점 더 비참해지는 생활을 받아들이게 하는 데 기여한다. 광고가 빈곤한 지역에서도 번창하는 이유가 바로 여기에 있다.

광고는 우리가 살기로 한 인위적인 공간의 논리적 구성 요소이다. 광고는 자연스럽게 그 안으로 들어온다. 지하철의 진정한 역할에 대해 고민해보지 않은 상태에서 우리는 지하철에서 보게 되는 광고를 거부할 수 있을까? 매일 수백만 명이 거대 도시의 이쪽 끝에서 저쪽 끝까지 이동하고, 직장에 갈 때마다 교통수단 안에서 시간을 보내는 것이 자연스러운 일일까? 이 교통수단들은 항상 장거리를 오가는 일반적인 필요모든 사람에게 결국 '당연한 일'로 여겨지는 때문에 발전했을까? 그것보다는 오히려 점점 더 확장되는 직장의 분지(bassin d'emploi, 파리 지방의 지형을 '파리 분지bassin parisien'라고 하는 것을 은유한 표현으로, 직장이 몰려 있는 파리가 대표적인 예이다. 프랑스어 bassin은 '저수조'라는 뜻도 있어서 대부분의 주민이 거주하면서 일하는 공간을 의미—옮긴이)에서 직장인을 채용하고 경쟁을 붙이는 것이 가능하도록 하기 위해서가 아닐까?

집과 직장 간의 거리가 멀어지기 때문에 교통망이 계속 확장된다는 사실을 인정하고 보면, 지칠 줄 모르는 노동자들의 무리가 하루에 두 번 출퇴근 시간에 이용하는 지하철 어디에나 광고가 항상 존재한다는 사실이 특별히 놀랍지 않다. 파리교통공사는 인터넷 사이트를 통해 "모든 종류의 광고를 허용한다"고 하며 "교통수단을 이용하는 시간은 이제 더 이상 낭비하는 시간이 아니다!"라고 자랑한다. 지하철을 이용하는 동안 벌어들인 돈을 어떻게 써야 할지 심사숙고할 수 있는 여가를 제공하는 것은 확실히 실용적이라고 할 수 있다. 노동과 나머지 삶, 생산과 소비의 분리를 구체적으로 보여주는 광고가 지하철 안에 자리를 잡은 것은 아주 당연한 일이다.

그리고 도시 주변, 고속도로, 상업 지구, 베드타운 사이와 같은 모든 접경지대에 광고가 있는 것도 당연하다. 여기서 또다시 우리 도시 전체가 자동차와 과소비로 몸살을 앓는 것을 문제 삼지 않고, 현대의 도시계획을 문제 삼지 않고 광고를 부정할 수 있을까? 국도를 달리다가, 지름길을 찾아 가다가 대도시 주변의 빈민촌에 들어서게 되면, 몸에 해로운 패스트푸드점이 줄지어 늘어서 있는 것을 보게 된다. 빈민촌은 마치 취미 삼아 하는 목공일과 플라스틱 장난감, 일회용 가구를 취급하는 슈퍼마켓 같은 싸구려 산업이 점령한 지역처럼 보인다. 요란한 색깔과 창백한 네온사인이 없었더라면 상품의 신전이라 할 수 있는 가게들은 임시로 지은 음산한 시멘트 창고 건물이 끝없이 일렬로 늘어선 실제 모습을 적나라하게 드러낼 뻔했다. 광고는 인위적인 방식으로 사막이나 다름없는 이곳을 환하게 만들고, 활기를 띠게 하고, 그래도 봐줄 만한 곳으로 만든다.

광고를 대중문화와 맞서 싸우는 수단으로 사용하게 되면, 극도로 산업화된 사회와 그 이전 시대 사회에서의 광고의 역할은 아주 달라진다. 그 결과 광고는 일상생활에서 물건은 될 수 있는 한 아껴 써야 한다는 관습이나 사회적 가치를 없애야 했다. 대중문화를 상대로 벌이는 싸움은 이미 끝이 난 것처럼 보인다. 그러나 과거에는 필요치 않았던 개인의 안전이라든가 노후 연금, 애정 관계 등등 생활의 중요한 부분들의 상품화를 지지하기 위해서 광고는 여전히 필요하다. 그리고 이후에 여러 경험으로 노련해진 전략을 구사하며 마지막 남은 도덕적 장애물을 치우고, 혐오해야 마땅한 새로운 것들을 자연스럽고 당연한 것으로 알리기 위해서 광고는 앞으로도 항상 그 자리에 있을 것이다. 여기서 혐오해야 마땅한 새로운 것들이란, 소비자중심주의가 아직 손을 뻗치지 못한 최후의 영역들이 산업 발전으로 점점 더 상황이 나빠지면서 피할 수 없게 된 이웃 관계의 상품화, 출산의 상품화(대리모 문제—옮긴이), 삶의 상품화 등이 있다.

오늘날 소비자중심주의가 강화되는 것은 마지막에 말한 사회적 분석을 토대로 설명할 수 있다. 거의 모든 순간에 걸쳐 이루어지는 물질적인 속박 상태는 우리에게 선택의 여지를 주지 않는다. 여러 면에서 볼 때 확실히 상품의 세계가 익숙한 이전의 세계를 대신하게 된 것 같다. 자동차 없이는 생활하기 힘들고, 슈퍼마켓이 아닌 곳에서는 식료품을 구하기 어렵고, 대기업이 공급한 상품이 없으면 일상생활을 할 수가 없다. 대기업은 주위의 중소기업을 깨끗하게 정리해버렸고, 이제 사람들은 모두 대기업에 기대어 살 수밖에 없다.

이러한 측면에서 보면, 광고는 더 이상 세계 산업화의 결정적인 요소가 아니다. 소비자중심주의를 강요하기 위해서 자신의 정당성을 설득할 필요도 없다. 오히려 다른 어느 때보다도 더 자본주의의 승리를 조작하기 위해서 필요할 뿐이다. 광고는 시장 경제의 허무주의를 심미적인 외양으로 가장하면서 우리로 하여금 시장 경제의 파괴적인 진보를 받아들이지 않을 수 없게 한다.

경제 체제가 만들어낸 빈 공간을 채우면서 광고는 자신의 승리를 확인한다. 광고가 급속하게 퍼지면서 광고는 감각적인 측면, 상상의 측면에서 전 세계 산업이 광고와 함께 재편성된 것을 인정하고 더 이상 그것에 관해서 논쟁하지 않는다. 광고는 '광고 바깥에는 아무것도 존재하지 않는다' 라는 똑같은 슬로건을 배경음처럼 반복하면서 무슨 일을 할 때든지, 어디든지 우리를 따라다니면서 모든 것을 아우르는 분위기를 연출한다.

테리 길리엄 감독의 영화 「브라질Brazil」(1985)에 보면, 길에 죽 늘어서 있는 광고판들 때문에 운전자가 그 광고판 너머에 있는 도시화되지 않은 경치와 자연을 볼 수 없도록 되어 있다. 광고판은 상품으로 가로막아 의식의 지평선을 보지 못하게 한다. 그런데 이 영화는 현대 광고의 두 번째 기능을 폭로하고 있다. 광고 바깥은 '사막' 이라는 것이다. 광고업자가 우리에게 제시한 삶의 방식 때문에 생긴 바로 그 사막이다.

지금 이 세상 외에 다른 세상은 가능하지도 않고, 바랄 수도 없다는 확신을 우리에게 계속해서 심어주고, 엄청난 재난을 감추면서 광고는 산업 세계를 비판하는 방향으로 가는 모든 것을 미리 제거한다. 심지어 광고는 광고의 발전열대지방 여행, 의약품, 진정제, 에어로빅 클럽, 도박 등에 도움이 되는 상품에 대한 소비자의 불만을 기술적으로 다른 방향으로 관심을 돌리도록 유도한다. 그리고 우리의 시선을 당면한 삶에 대한 모든 성찰에서 멀리 떨어진 다른 쪽으로 돌리게 한다. 일찍이 테리 길리엄은 광고가 상업적 주장을 넘어서서 진정한 프로파간다라는 것을 간파했던 것이다.

산업적 프로파간다

모든 상표는 광고전을 통해 새로운 시장을 확보하려고 한다. 그런데 모든 상표와 광고전은 사실 소비자중심주의의 전선戰線에서 진행되는 모든 동일한 전쟁에 참여한다. 만일 경쟁 상대가 벌인 광고전의 판매 효과가 부분적으로 약화되었다면개인의 지출에는 한계가 있기 때문에 예를 들어 포드 자동차를 사도록 설득당하면 르노 자동차는 고객을 하나 잃게 되는 셈이다 그들의 광고에 심리학적, 이념적 효과가 더해지게 된다. 자동차 생산자의 광고전은 모두 기존 모델을 반드시 생산해야 하고, 정기적으로 새 모델을 내놓아야 한다.

전체적으로 보면, 광고는 회사마다 설정했던 판매 목표를 훨씬 초과시키는 효과가 있다. 연구 자료에서 볼 수 있는 것처럼 한 제품을 광고하면 광고한 상표의 판매뿐만 아니라 동일한 종류의 모든 제품의 판매량도 증가한다이 점에서는 광고업자의 자료와 광고를 비판하는 사람들의 자료가 일치한다. 이런 점에서 어린 아이들이 과일보다 설탕이 들어간 과자류를 훨씬 많이 사먹었다는 사실에 놀라서는 안 된다.[86] 광고는 힘이 없는 경쟁 상대뿐 아니라 산업화되지 않은 소비까지도 제압하는 차단 장치가 된다.

'행동주의'의 창시자이며 최초의 국제 광고 회사 중 한 회사의 부회장인 존 B. 왓슨은 '소비에 저항하는 사회적 태도'[87]를 없애고 싶다고 말했다. 그러기 위해서는 '살아가고, 만들고, 생각하고, 느끼는' 네 가지 삶의 방식을 지배하는 것이 중요하다.

"광고는 상품 판매에 관한 말일 뿐만 아니라 정치적, 사회적, 도덕적인 말, 이념적 이야기이기도 하다."[88]

광고는 판매를 위한 수단을 넘어서서 산업적 단계에서 산업 분야의 프로파간다이다.

선전propagande을 한다는 것은 무언가를 '찬양'해서, 말을 건 상대방의 '동의'를 얻어내는 것이다. 그리고 종교적 믿음이든, 정치적 이념이든, 상품이든, 화제에 오른 어떤 것을 '전파하는propager' 것이다(프랑스어 propager는 라틴어 propagare에서 유래. propaganda는 기독교 신앙을 전파하기 위한 기관이었다가 '정치 사회적 이념의 선전'으로 의미가 변질됨—옮긴이). 그러나 전파의 모든 방식이 선전은 아니다. 갖은 수단을 동원해서 영향력을 행사하려고 노력하는 것이 선전의 특징이다. 고객의 잠재의식을 겨냥한 광고를 포기하게 된 것은 그것이 원칙에 위배되기 때문이 아니라 '시대에 뒤떨어진다'고 비판하는 대중의 반감 때문이다.

광고가 선전의 한 형태라고 말하는 것이 잘못이라고 생각하는 사람들도 있을 것이다. 선전이란 말이 암시하는 여러 의미와는 상관없이 선전이란 용어는 광고를 규정하는 가장 적당한 말이다. 어쨌든 커뮤니케이션communication이나 정보information라는 용어보다는 더 정확한 표현이다. 스페인어로는 광고publicidad와 선전propaganda을 구별하지 않고 사용한다. 그리고 프랑스 공중위생법에서는 일관되게 '광고publicité 혹은 '선전propagande, 2장 L 5122-15조' 이라고 표현한다. 실제로 선전의 특징인 조작, 왜곡, 이성을 잃게 하는 상태, 종교적 우상숭배와 유사한 이념, 영향력 행사하기, 그리고 전체주의적 경향까지 모든 것들이 광고에서도 나타난다.

광고와 선전

광고 학교에서는 일단 잠재적 고객의 주의를 끌고 나서 다음과 같은 순서로 움직여야 한다고 가르친다.

1. 그것에 관해 너무 많이 말하려고 하면 안 된다 메시지가 복잡할수록 받아들이고, 이해하고, 기억하는 확률이 낮아진다.
2. 머릿속에서 떠나지 않도록 동일한 메시지를 쉬지 않고 반복해야 한다.
3. 지속적으로 계속해서 흔적을 남겨라 광고전의 양상이 변한다고 해도 알고 보면 항상 똑같다. 다시 말해서 '명성은 반복이다 Reputation is repetition'.
4. 전체적인 일관성을 유지하라 통일성을 확보하라, 다양성을 피하라.[89]

아세트의 슬로건인 "여러분에게 그것을 충분히 반복할 것입니다"라는 말은 이를 잘 요약해주고 있다. 광고는 감정에 강하게 호소하는 경향이 있다는 점에서 선전 광고 전단réclame과 다르다는 것을 알아야 한다.

선전의 귀재였던 나치공산주의도 마찬가지가 정확히 이와 동일한 권고 사항을 강조했다는 것은 놀라운 일이 아니다. 히틀러에 의하면 대중의 관심을 끌기 위해서 선전은 제한된 소수의 사람들을 목표로 삼아 계속해서 같은 내용을 반복해야 한다. 어떤 내용도 바꾸지 않아야 한다. 사업을 할 때나 정치를 할 때나 모든 선전은 얼마만큼 지속적으로 반복되느냐에 성패가 달려 있다. 마지막으로 선전 행위는 일관되게 감정에 호소해야지 이성에 호소해서는 안 된다. 선전의 대상인 대중의 수가 많아질수록 선전의 정신적 수준은 낮아야 한다. 괴벨스는 늘 선전을 '정확히 대중적인 언어를 사용한 가장 간단한 논쟁의 기술', '일관된 반복의 기술', '본능, 감동, 감정, 그리고 특히 대중적인 열정에 호소하는 기술', '객관성을 지닌 겉모습으로 사실을 소개하는 기술', '아름답지 못한 사실을 감추는 기술', '믿음을 주면서 거짓말하는 기술'이라고 정의했다.[90]

괴벨스의 정의를 언급한 이유는 광고업자를 나치에 비유하기 위해서가 아니다. 다만 선동가는 정치든 경제든 모두 한마디로 과대 선전이라고 할 수 있는 동일한 방법을 권한다는 것을 강조하기 위해서이다. 물론 메시지의 내용은 아주 다르다. 광고는 인종차별의 편견(프랑스의 코코아 분말 회사, Banania의 광고 문구. "바나니아에는 좋은 게 있어 Y'a bon, Banania"라고 세네갈 원주민 보병이 억센 사투리로 말한다—옮긴이)을 드러낼 수는 있지만 타인에 대한 두려움이나 증오에 호소하지는 않는다. 광고는 유머를 사용하면서 오히려 세계를 향해 뻗어가는 소비자중심주의의 세계로 향하는 문을 활짝 열고 즐기라고 권유한다. 하지만 계속 듣다 보면 마침내 광고 속 제안을 당연하게 받아들이지 않을 수 없게 만드는 것이 목표다. 카틀라는 다른 동료들처럼 '정치적인 관점에서 볼 때 바른 것'의 함정에 빠지지 않았다. 그리고 그가 광고를 '판매에 적용된 선전'이라고 정의한 것은 옳다.

"생각을 전파하는 데 있어 광고업자의 방법은 결코 효과가 없지 않다. 그래도 사람들은 확신도 없이 선전 그 자체에 빠졌다고 광고업자들을 비난할 것이다. 하지만 상업 광고는 정치적·종교적 선전방식을 가져와서 오늘날 기술적으로 정치적·종교적 선전을 훨씬 능가하고 있다."『광고와 사회*Publicité et société*』(op. cit., p. 68.)

만일 이 광고계의 거물이 선전 기술 분야만큼 전제주의의 역사에 대해서도 잘 알고 있었다면 독일 역사가 이런 명백한 연결 관계의 대표적인 경우라는 사실을 확실히 밝힐 수 있었을 것이다. 전후에 괴벨스의 협력자들은 자연스럽게 광고계로 전업했다. 그리고 괴벨스 자신도 당시의 광고에서 영감을 얻었다. 1932년, 그는 히틀러의 선거 운동을 위해서 "미국과 같은 거대한 규모로 미국방식을 사용한다"고 선언했다. 역사가인 페터 라이셸은 괴벨스에 대해 이렇게 말했다.

"괴벨스는 마케팅의 전문가가 되었다. 그는 특히 '총통Führer'의 개념과 '국가공동체'의 이상을 상표처럼 사용했다. '제품'의 이미지는 그래서 구매자-투표자인 '대중의 욕망'의 이미지와 일치한다."[91]

아도르노와 호르크하이머는 독일을 떠나 미국으로 망명하기 전에 독일에서 선전 담당자들이 선전하는 것을 직접 목격한 철학자들이다. 이들은 독일의 선전 담당자들이 남기고 간 것에서 유추해낸 사실을 발표하였다. 이들은 광고가 "간접적으로만 판매에 도움이 된다. 특정 회사가 유행시킨 광고를 계속해서 하지 않는 것은 권위를 상실하는 것을 의미한다" 고 말하였다. 전쟁 중에 이 두 철학자는 여러 회사가 오직 그들 기업의 힘을 강조하기 위해서 더 이상 생산할 수 없게 된 제품에 대한 광고를 계속하는 것을 보았다. 정치 선전처럼 광고는 온전히 사회적 권력의 표현이다.[92]

하지만 카틀라는 '광고업자들의 직업의식' 으로 보장된 두 가지 자부심을 서슴없이 드러낸다. 첫째로 광고업자들은 온갖 상황을 이용하여 이익을 얻을 준비가 된 용병이기 때문에 광고는 '진짜 선전' 이다. 마가레트 대처의 극단적인 자유주의 선거전을 치른 뒤에 1977년에 증권계에 상장된 세계적 광고 회사 사치앤사치(Saatchi & Saatchi, 영국의 사치 형제가 1976년 설립. 영국 보수당의 광고로 유명해짐. 2001년 퓌블리시스에 인수됨—옮긴이)는 국제연합의 요청에 따라 '보트 피플' 이 도망쳐 나온 지옥 같은 공산주의의 좋은 점을 늘어놓으면서 '보트 피플' 이 모국으로 돌아가도록 설득하는 광고를 제작했다. 두 번째로 '광고는 과거의 선전보다 기술적인 면에서 우월하다' 는 점이다. 인문과학에 기초를 두고 있는 광고는 광고를 더욱 효과적인 것으로 만들기 위한 주먹구구식 아마추어 단계를 넘어섰다. 광고를 공부하는 사람들에게 도움이 된다고 소개하고 있는 광고의 이론적인 주요 단계들을 살펴보자.[93]

1. '정보를 주는' 광고, 다시 말해서 선전 광고 전단은 '합리적인 소비자'에게 호소한다. 지금도 광고업계에서 통용되는 말로 하자면 'B to C business to consumer, 소비자를 상대하는 비즈니스'라고 할 수 있다. 공리주의적 경제 이론에 기초를 둔 이 개념은 'B to B business to business, 비즈니스를 상대하는 비즈니스'에도 적용된다. 진지한 사업가들끼리 무슨 허세가 필요하겠는가!
2. '기계적인' 광고는 '피동적인 소비자'에게 영향을 미친다. (감각적 자극과 침 분비 사이의 관계를 설정하려고 힘썼던) 행동주의와 파블로프의 이론에서 영감을 얻은 광고는 자극—반응의 도식과 강박적인 반복을 기반으로 한다. 실제로 이러한 방식의 광고를 채택한 광고업자들 중 한 사람은 구매자의 뇌에서 계속 조건반사가 작동하기를[94] 바랐다.
3. '통합적' 광고는 '적당한 소비자'에게 모방할 수 있는 모델을 제공한다. 사회학적 이론에 근거를 두고 있는 이 이론은 '2단계 흐름', 그러니까 먼저 '여론을 이끌어나가는 사람'을 겨냥하고, 그 사람들이 '추종자'들에게 메시지를 전달하도록 하는 2단계 전략을 권장한다. 이것은 부분적으로 아직도 광고 형식에 남아 있는 남성우위론을 설명해준다. 여성들이 물건을 살 때 남성들에게 조언을 구하는 일이 많기 때문에 남성들을 먼저 설득해야 한다는 것이다.
4. '제안하는' 광고는 빈틈없는 심리학적인 방법을 통해서 자아의 비이성적인 단계에 호소한다. "물건을 살 때 소비자는 일반적으로 잠재의

식 속에서 제품과 연관된 이미지와 그림에 무의식적으로 반응하면서 정서적으로 어쩔 수 없이 행동한다."[95] '제안하는' 광고는 특히 정신분석학자 에른스트 디히터가 주도한 '동기에 관한 연구' 에 기초를 두고 있다. 에른스트 디히터는 바비 인형을 시장에 출시하기 위해서 1950년대 미국 사회에서 여성의 가장 중요한 구매 동기를 이용했다. 50년대 여성의 가장 큰 구매 동기는 신랑감 찾기였다. 매력적이면서 일면 야해 보이기도 하는 핀업 인형은 남자를 끌기 위해서 섹시하게 보이는 방법을 젊은 아가씨들에게 가르쳐주는 수단으로 교묘하게 소개되었다. '영혼을 만들어내기'[96]를 원했던 디히터는 확실히 환상적인 체형의 플라스틱 우상아이콘을 통해서 놀랄 만한 성공을 거두며 자신의 꿈을 이루었다. 그 결과 프랑스에서는 1993년에 450만 개의 바비 인형이 팔렸다.[97]

광고계의 관행은 이런 이론들을 적용한다. 광고를 반복적으로 보여주기(2)는 기본 원칙이 되었고, 여기에 충동을 조작(4)하거나 따라하는 경향의 조작(3)을 덧붙인다. 불합리한 구매를 정당화하는 데 필요한 합리화(1)를 제안하는 한편, 무의식(4)을 사로잡으라고 권유하기도 한다.

"선택의 자유라는 환상을 심어주기 위해서는 의식적인 부분은 나중에 달래주기로 하고, '우선권은 무의식에 주어야' 한다."[98]

이것은 기발하고 효과적인 전략들이다. 사실 누구나 광고의 영향을 받지만 속으로는 자신이 영향을 받지 않는다고 확신하기 때문이다.

기업가들이 막대한 돈을 광고에 쏟아붓는 이유를 아느냐고 물으면 사람들은 "광고는 나 아닌 다른 사람들, 마음이 약한 사람들, 귀가 얇은 사람들에게 효과가 있다"고 말한다. 그리고 또 다른 사람들에게 의견을 물어보면 그들 역시 똑같은 대답을 한다.

무의식적인 효과를 자신이 직접 판단하기 어렵다는 사실을 염두에 두고 아무리 광고를 해도 자기만은 끄떡없다는 환상에서 빠져나와야 한다. 오히려 이런 환상이 있으면 광고가 영향력을 발휘하기에 아주 유리해진다. 광고전을 할 때는 효율성에 대한 엄격한 심사를 하게 된다. 예를 들어 때때로 겪게 되는 실패를 피하기 위해서 광고를 시작하기 전에 사전 검사를 한다. 그리고 광고를 하고 나서 상표의 인지도가 상승했는지, 상표의 이미지가 개선되었는지, 판매가 증가되었는지 알아보기 위해서 사후 점검도 한다. 광고의 힘은 개인 수준에서는 평가할 수 없고이 말에는 언제든지 이의를 제기할 수 있다, 모집단 수준에서는 가능하다. 광고의 일반적인 효과는 의심할 여지가 없는 통계에 의해서 증명되었다. 그러므로 우리 모두가 조종당할 수 있다는 것을 인정해야 한다. 광고는 우리를 두 번 속인다. 상품에 대한 찬사를 한없이 늘어놓으면서 한 번 속이고, 상품에 대해서는 아무 말도 하지 않으면서 또 한 번 우리를 속인다.

진실 감추기

직접적으로 광고는 소개하는 상품의 원산지와 품질에 대해 계속해서 거짓말을 늘어놓는다. 공산품을 지방 특산품으로 소개하는 모든 스팟광고를 보면 알 수 있다. 광고는 우리에게 마음씨 좋아 보이는 늙은 장인匠人만 보여주고, 실제로 제품을 생산한 공장은 보여주지 않는다. 게다가 광고에서 대량생산과 같은 비인간적인 산업으로 자신들이 말살시킨 장인들을 향해 경의를 표하기도 한다. 다시 말해서 가내공업을 희생양으로 만들어버리고, 기계에 의한 비인간적인 산업의 발달을 촉진하는 역할과 산업의 현실을 감추는 역할에 대해서 경의를 표하는 것이다.

이렇게 왜곡하는 것은 조금도 놀랄 일이 아니다. 많이 팔려면 제품의 품질을 과장해서 이야기하고, 제품이 만들어진 배경이 보잘것없으면 그것도 조작하는 것이 당연하다. 더구나 공산품을 과대광고하고 수공예

품으로 위장하는 것은 법률적으로도 허용된다. 허위 광고에 관한 개념을 확장하는 이런 일은 게임의 규칙에는 상대방을 속이는 것이 포함되어 있다는 사실을 충분히 증명해준다.

광고는 간접적인 방법으로 상품의 잘못된 점과 과소비의 결과를 감추고, 무엇보다 실제로 상품이 만들어지는 배경에 대해서는 침묵하면서 거짓말을 한다. 그 결과 상품은 복잡하고 파괴적인 제조 과정의 결과물인 것처럼 보이지 않는다. 광고는 상품이 기적적으로 나타난 것처럼 소개하곤 하는데, 마치 아주 새로운 것이 하늘에서 뚝 떨어진 것처럼 표현한다.

해야 할 말을 생략하는 방식으로 하는 거짓말은 치밀하게 계획된 것이다. 물론 나이키 광고는 운동화가 사람의 손으로 만들어졌다고 믿게 하지는 않는다. 그러나 이 광고들도 '스포츠의 업적'보다는 '경제적 착취'와 더 관계가 있는 운동화 제작 조건의 현실을 감추기는 마찬가지이다. 사람들이 그런 사실을 제대로 알게 된다면 신발을 볼 때마다 빵 한 조각을 얻으려고 어두운 작업실에서 하루에 12시간씩 일하는 아시아의 꼬마들을 떠올리게 될 것이다. 보두앵 드 보디나의 다음 글은 그런 현실을 보여준다.

"남반구에는 모든 것이 결핍되어 있고, 퉁명스럽고, 보잘것없고, 난폭한 사람들이 거대한 하층민을 이루고 있다는 것도 알아야 합니다. 이들은 흔적을 남기지 않을 것입니다. 텔레비전에서 하는 광고가 무엇인지 알고 싶다면 실제로 이 광고라는 것이 피부병에 걸린 사람과 들

쥐들이 우글거리는 빈민굴을 상상하기만 하면 됩니다."『지구상의 삶, 우리가 현재 존재하는 시간이 보유하고 있는 얼마 남지 않은 미래에 대한 성찰*La Vie sur terre, Réflexions sur le peu dávenir que contient le temps où nous sommes*』, (제1권, Editions de l' Encyclopédie des nuisances(공해백과사전 출판사), Paris, 1996, p. 85.)

법률가들은 소비자들이 광고업자들의 과장을 문자 그대로 받아들일 만큼 순진하지 않다고 판단하고 광고의 과장을 허용할 수 있다고 평가한다. 하지만 광고 반대에 적극적으로 참여하는 사람들이 청소년에게 그들이 좋아하는 상표의 을씨년스러운 현실을 알려주면 청소년들은 그 사실을 믿을 수 없다고 거부반응을 일으킬 정도로 깜짝 놀란다. 청소년들이 알고 있는 나이키에 관한 정보라고는 나이키 광고가 전부이기 때문이다. 광고업자가 전달하는 '자신의 한계를 극복한다'는 이미지에 매혹되어 청소년은 자신도 모르게 다른 아이들을 짓누르는 일을 거들고 있다는 것을 의식하지 못한다.

광고는 상품들이 공연을 하는 진열대이고, 무대 뒤인 산업 현장을 철저하게 숨긴다. 만일 광고업자가 자신들이 고래고래 소리를 질러가며 자랑하는 제품들의 진짜 뒷이야기를 우리에게 정말로 알려준다면 우리는 그들의 벽보가 땀으로, 때로는 피로 물든 것을 보게 될 것이고, 공장의 굉음과 거기서 노동을 착취당하는 사람들의 한숨소리를 듣게 될 것이고, 공장에서 나오는 구름 같은 매캐한 연기와 전 세계로 생산품을 배급하는 차들이 내뿜는 매연의 맛을 보게 될 것이다. 이런 사실이 알려지면 소비자중심주의의 강렬한 욕망에 제동이 걸릴 수도 있다는 것을 광고업자들은 잘 알고 있다. 때문에 광고업자들의 역할은 생산제일주의의 혐오스러운 모습을 감추는 것이다. 그들은 광고장이 지망자들에게 다음과 같이 가르친다.

"여러분이 어떤 상품을 광고하게 되더라도 그 상품이 생산되는 곳에는 절대로 가지 마십시오. 노동자들을 쳐다보지도 마십시오. 왜냐하면 어떤 것이라도 진실을, 감추어진 진실을 알게 되면 상품을 팔리게 하는 가볍고 피상적인 글을 생각해내기가 아주 어려워지기 때문입니다."[99]

소비자들을 제대로 현혹시키는 가장 좋은 방법은 눈을 감게 하는 것이다. 광고업계의 초보자는 광고가 "즐겁게 해준다"고 말한다. 옳은 말이다. 그러나 재미와는 전혀 상관없는 깊은 의미를 살펴보면, 재미는 끔찍한 생산 과정에 눈길이 가지 않도록 우리의 관심을 돌리는 데 그 목적이 있다. 세련된 제품이 모든 조명을 받도록 하고, 구입을 하지 않거나, 비난을 받거나, 불매 운동 같은 불미스러운 일이 생기지 않도록 하는 것이 중요하다. 광고는 소비자의 판단을 흐릴 작정으로 즐거움을 주기 때문에 비난받아야 한다. 이런 점은 광고의 본질에 속한다.

"본래 광고는 낙관적이다. 광고는 소비의 천국에 사는 건강하고, 매력 있고, 지적인 행복한 사람을 보여준다. 소비의 천국에서는 모든 꿈이 허용되고 가능하다. 심지어는 영원한 젊음이라는 꿈도 가능하다."[100]

이 글은 광고가 현실을 왜곡하고 있다고 말한다는 점에서, 그리고 동시에 광고가 광고의 실제 효과, 그러니까 '행복한 사람'만 보여주고, 도달할 수 없는 '이상理想'을 강조해서 사람들을 괴롭히는 실제 효과에 대해서는 말하지 않는다는 점에서 봤을 때 매우 의미심장하다. 소비는 분별없는 소수에게는 낙원일지 모르지만 이 소수의 사람들은 세상을 지옥으로 만든다. 광고는 오늘은 꿈을 꾸게 하지만 동시에 내일의 악몽을 계획하고 있다. 광고는 건강을 해치는 산업의 발달을 후원한다. 그리고 '영원한 청춘' 이라는 신화를 퍼뜨려서 할머니들mamies을 성형수술로 주름살을 펴고, 실리콘을 넣은 미이라momies로 만들어버린다.

광고의 신화와 상표의 우상 숭배

지금까지 우리는 광고 시스템이 얼마나 불길한 환상을 불러오는지 살펴보았다. 안토니오 네그리(1933년 출생한 이탈리아의 마르크스주의 철학자로, 노동자계급주의를 주창. 노동자계급은 자본주의 발전의 원동력이고, 사회주의는 자본주의의 새로운 형태라고 주장함—옮긴이)의 사상을 받아들인 체제 비판적인 집단이 주장하는 경제 담론에 따르면, 우리가 새로운 '비물질적 경제'로 진입할 것이라고 한다. 또한 더 이상 물건을 생산하지 않고 '지식', '정보', '사고방식', '서비스'만을 생산하는 것처럼 보인다는 것이다. 그런데 이것은 유감스럽게도 비판적인 거리두기를 하지 않고 다시 인용된 막연한 내용이다. 사실 아무리 새로운 경향이 나타나도 물질적인 생산은 끊임없이 성장한다. 생산 장비는 다양해지고, 물건을 바꾸는 속도는 빨라진다. 정보 공학은 우리가 거의 의식하지 못하는 거대한 하부 구조를 요구한다. 서비스는 원자재를 대량 소비하는 컴퓨터를 통해서 이루어진다. 컴퓨터 한 대를 제작하려면 1.8톤의 원자재가 필요하다. 게다가 컴퓨터가 작고 가벼워질수록 만들어낼 때는 특히 더 많은 에너지 자원을 필요로 한다.[101]

산업과 관계된 선전 활동이 철저하게 제품의 현실감을 잃게 하기 때문에 우리가 비물질적 경제로 진입한다는 이 신화는 최소한의 가능성을 나타낸다. 노동임금이 형편없이 싼 제3세계로 생산 과정을 일부 이전했기 때문에 이런 일은 오늘날 더욱더 쉽게 볼 수 있다. 롤랑 바르트는 다음과 같이 지적했다.

"신화는 사물의 역사에 남을 만한 가치가 손상됨으로써 만들어진다. 사물은 자신이 생겨난 기억을 잃어버린다."[102]

광고는 상품에 후광을 만들어주기 위해 상품을 신화화하면서mythifier 의식을 기만한다mystifier. 후광이 없다면 상품들은 본모습 그대로의 하찮은 공산품일 뿐이다. 따라서 광고는 이미지를 만들어내야 한다.

"제품은 2차적이다. 중요한 것은 제품의 상징적인 의미이며, 거기에 인위적으로 더해져서 나타나는 가치들이다."[103]

광고의 기교는 상품을 신비스러운 우상icône으로 만들고, 상품을 구입하는 행위를 가치의 동일화를 위한 마술적 행동으로 변화시키는 데 있다.

상품의 물신 숭배fétichisme는 상표의 우상화로 정점을 이룬다. 생산자를 증명하는 단순한 '검인 도장'으로 출발했던 상표가 이제는 '우상'이 되었다. 지상에서 살다가 언젠가는 죽을 운명을 타고난 존재인 인간들은 상표가 자신들의 이상을 상징한다고 여기면서 '우상'을 숭배한다. 인간이 만들어낸 물건이 맹목적인 숭배 대상이 되었고, 물론 꾸며낸 것이지만 이것은 무엇인가 더 신성한 것을 구현한다. 그래서 인간이 만들어낸 물건은 끝없는 매혹의 대상이 된다. 무엇으로도 상품에 매혹되는 것을 막을 수 없다. 심지어는 상표가 없는 상품이나 상표가 있는 상품이나 똑같은 방법으로 만든다는 사실을 폭로해도 소용이 없다. 상표를 맹목적으로 추종하는 사람들은 고급 상품을 소비한다고 믿으면서 이 맹목적인 숭배의 대상에 계속해서 비싼 값을 치른다. 하지만 사실은 상품 가격에서 평균 15퍼센트, 유명 상품의 경우에는 50퍼센트에 달하는 비용을 치른, 광고로 번쩍번쩍 치장을 한 물건을 산 것일 뿐이다. 소비자이면서 우상 숭배자가 소비하는 것은 그의 우상들이 전파한 신화일 뿐이다.

의미의 대용품인 상표는 한 부족이 가운데에다 놓고 빙 둘러앉은 '토템'으로서 역할을 한다. 상표에서 관계 맺기의 대용품을 찾으려는 것이다. 예를 들면 파도타기하는 사람들은 그들끼리 서로 알아볼 수 있는 상표를 사면서 연대감을 느낀다. 물론 이 모든 것은 '부족部族 마케팅'을 추진하는 사람들에 의해 계획된 것이다. 이것은 '이미 예전에 있었던 부족의 규범과 의식, 언어와 옷차림, 가치와 갈망, 다시 말해서 정체성을 끌어내는 마케팅'을 다시 활용하는 것이다. 상표는 '과잉 소비자에게 추종자, 개종한 전도자'가 되라고 제안한다. 이 가운데 광고는 '집단 정체성이라는 감정을 다시 만들어낸, 공유된 신화神話에 진정으로 동

조하도록 자극해야' 한다.[104]

나이키는 이런 '브랜딩branding' 전략의 가장 좋은 예를 보여준다. 가격 경쟁을 포기한 나이키는 엄청난 이익을 빼돌리는 '상표 이미지' 전쟁에 뛰어들었다. 나이키는 5달러에 생산한 물건을 100달러에서 180달러 사이의 가격으로 판매하며 손 하나 까딱하지 않고 가격을 올리면서 고객 수를 늘렸다. 상표에 대한 동경심은 놀랄 만하다. 미국의 젊은 사람들 사이에서 나이키 로고는 가장 인기 있는 문신 형태 중 하나이다. 그렇게 해서 영어로 'brand'라고 하는 상표는 주인의 이름을 표시하기 위해서 가축의 몸에 낙인을 찍을 때 사용하는 'brandon'의 원래 의미(타다 남은 불—옮긴이)와 다시 만나게 된다.

나이키의 신봉자가 나이키를 조롱해야(niquer Nike, 프랑스어로 '니케 니케'로 발음됨—옮긴이) 한다고 생각하는 사람들에게 바로 자기 자신이 공격당한다고 느끼는 것은, 나이키를 조롱하는 것이 그들의 신을 모독하고 그들의 정체성에 문제를 제기하는 것과 같기 때문이다. 이처럼 상표는 개인의 정체성을 드러내는 하나의 수단이 되었다.

"상품을 사는 것은 정체성을 사는 것과 같다. 정체성은 상품의 효용만큼 중요하다. 어쩌면 효용보다 더 중요할 수도 있다."[105]

'나는 소비한다, 고로 나는 존재한다'라는 원칙에 따라서 소비는 개인이 주체가 되는 경향을 보인다. 이 말은 다시 '네가 무엇을 샀는지 말해주면 네가 누구인지 말해주겠다'라는 뜻이 된다(프랑스 격언인 "네가 누구와 사귀는지 내게 말하면 네가 누구인지 말해주겠다"를 바꾼 것—옮긴이). 물론 이런 식의 정체성은 독자적인 개성을 표현하지 못하고 자주성을 잃게 된다. 그리고 안쪽에 상표가 붙어 있는 상품을 가지고 있느냐, 그렇지 않느냐에 따라 정체성이 좌우되기 때문에 빈민가의 몇몇 아이들이 다른 아이의 좋은 신발을 빼앗아서라도 가지려 하는 것은 어떻게 보면 당연한 일이다. 아이들은 좋은 신발이 상징하는 특권이 자신들이 당하는 사회적 멸시를 보상해준다고 생각하기 때문이다.

이런 본능적인 충동은 사람들을 독재적 전체주의 쪽으로 몰아가는 데 기여했다. 양차세계대전 중1918년-1939년에 경제적인 측면에서나 정체성의 측면에서 위기를 맞고 큰 타격을 입은 남자들에게 제복은 자신이 힘이 있고, 중요한 인물이라는 느낌을 안겨주었다. 이런 심리적인 메커니즘은 현재에도 계속되고 있다. 20세기 초부터 불쌍한 샌드위치맨들은 광고지를 몸에 부착한 괴상한 옷차림을 하고 도시를 떠돌아다녔다. 그로부터 한참 후에 나타난 상표가 달린 제복을 입은 사람들은 돈도 받지 않고 사실은 돈을 내면서까지! 샌드위치맨이 된다. 마케팅 담당자는 이렇게 말한다.

"우리는 이동하는 선전판을 만들어냈다."[106]

결과는 대성공이었다. '유행을 따르는 사람들' 은 기꺼이 광고의 노예가 된 것이다.

광고의 힘과 전체주의적 경향

이렇게 자발적으로 노예가 되는 것은 광고가 지닌 아주 은밀한 힘 때문이다. 광고는 특정한 개인을 대상으로 하지 않고, 우리가 미처 느끼지 못할 정도로 전달하려는 메시지를 아주 완곡하게 표현하기 때문에 매우 효과적이다. 힘을 행사하는 사람들은 힘을 주장하지만 힘의 영향을 받는 사람들은 그 힘을 부인한다. 자신이 영향받는다는 것을 인정하기가 부끄럽기 때문일까? 그보다는 경찰이 행사하는 폭력의 형태만을 힘이라고 보는 개념의 단순화 때문일 것이다. 힘을 행사한다는 것은 타인에게 영향을 끼치는 것이다. 하지만 타인에게 무엇인가를 하도록 유도할 수는 있지만 반드시 강제력을 동원하지는 않는다.

광고의 힘은 법과 금지 조항에서 나오는 것이 아니라 모델과 자극에서 나온다. 또 군대의 하사下士나 그의 난폭한 명령들을 닮은 것이 아니라 율리시스가 자신의 몸을 배에 묶어가며 간신히 견뎌냈던 인어들의 감미로운 노래에 가깝다. 광고의 힘은 욕구를 의식적으로 억압하지 않는다. 사회 심리 기술의 전문가들이 '아주 섬세하고 포착할 수 없는 힘'이라고 정의한 유혹을 광고가 이용한다.[107] 광고의 힘은 '몸을 자유롭게 하고 영혼에 직접 호소하는' 독재 정치의 이미지와 관련이 있다.[108] 광고의 힘은 육체적 폭력으로 위협하지 않고 소외감으로 위협해서 이견을 내세우는 사람들을 겁준다. 광고의 힘은 빅 브라더이다. 감시하는 종교 재판관의 모습뿐만 아니라 모범을 보이는 큰형의 모습으로도 나타나기 때문이다.

누군가에게 영향을 미친다는 것은 누군가가 자기의 의지로 그 일을 하는 것처럼 느끼면서 일을 하게 하는 것이다. 이것은 한 조직이 '권위적인 힘을 발휘하지 못하는 어떤 대중이 특정한 행동을 하게 할 필요가 있을 때' 조직이 사용하는 힘의 유형이다. 힘을 발휘하기 위해 다음과 같은 전략을 사용한다. "우선 그들의 '정신 반응동기 부여, 지식, 이미지, 태도……'을 변화시키고, 그 결과를 이용해 그들의 '실제 행동'을 변화시킬 목적으로 대중에게 메시지를 보낸다."[109]

이렇듯 광고는 우리의 행동을 결정하는 정신적 요인들을 사전에 조작하는 방식으로 우리의 행동에 영향을 미친다.

광고는 눈에 보이는 어떤 사람이 타인의 행동을 제한하지 않는 가운데 이루어지기 때문에 광고의 명령에 따르고 있다는 사실을 민감하게 느낄 수 없다. 표준화된 광고는 판매자의 직접적인 개입 없이 멀리 떨어진 상태에서 가능한 한 많은 개인에게 영향을 미치기 위해서 특정한 사람만을 대상으로 삼지는 않는다.[110] 광고는 멀리 떨어져서 조종하기를 원한다. 광고업자들은 대중을 상대로 한 원거리 위탁판매 사원일 뿐이다. 광고업자들은 방문 판매원과 똑같은 판매 기술을 사용한다. 다시 말해서 잠재적 소비자들을 영상과 슬로건의 격랑 속에 푹 빠지게 해서 결국에는 그들을 굴복시키고, 그들이 광고업자의 감언이설에서 벗어날 기회를 힘으로 박탈하는 것이다.

아이들에게 영향력을 발휘하는 일은 포맷 작업과 같다. 맥도날드 같은 기업들은 전체 고객 중 극히 소수에 속하는 아이들을 초기 공략 대상으로 삼는다. 여덟 살에서 열한 살 정도가 되기 전까지, 스팟광고와 프로그램 사이의 차이를 인식하지 못하는 아이들은 특히 다루기 쉽기 때문이다. 기업들은 일찌감치 아이들을 공략해 '평생 고객customers for life'으로 만들려고 한다. 실제로 아이들이 직간접적으로 부모의 물건 구입에 영향을 미치는 비율이 43퍼센트나 되기 때문에 아이들을 '상품 선택에 영향을 미치는 사람'으로 이용하는 것이다.[111]

그러나 어린 고객층을 만들어내는 경우라고 해도 광고의 힘이 우리의 자유를 없애버린다고 믿는 것은 오류일지도 모른다. 문제는 광고의 힘이 소비라는 단 하나의 분야를 마음대로 지정한다는 데 있다. 이런 점에서 광고가 폭압적인 정치적 전체주의와는 전혀 관계가 없지만 광고의 힘은 전체주의와 같다는 것이 밝혀진다. 그 의미를 뒤바꾸면서 모든 가치들과 모든 상상적인 것들을 소비자중심주의 쪽으로 우회시킨다는 점에서 광고의 힘은 전체주의적이다. 그 결과 수공업이 공산품을, 환경 보호 운동이 공해를, 자연스러움이 기교를, 스포츠가 비만을, 자유가 의존담배를 '자유의 횃불'이라고 소개하면서을 팔게 한다. 보도대책보좌관spin doctor, 뉴스 등에 당파적 입장이나 정책을 전하는 사람들은 광고에 대해 이렇게 말한다.

"광고는 광고를 하는 바로 그 시간과 장소에서 유행하는 제품, 제도 또는 생각을 감싸는 옷이 되는 임무밖에 없다."[112]

이것은 카멜레온 전략이다. 같은 자동차를 팔 때에도 장소에 따라 강조하는 부분이 서로 다르다. 독일에서는 견고함을, 이탈리아에서는 엔진의 마력을, 프랑스에서는 고급스러움을, 그리고 스칸디나비아에서는 환경 보호를 각각 강조한다. 획일성을 팔기 위해서는 감각의 다양성을 끌어내야 하기 때문이다.

기호학자인 동시에 마케팅 교수인 엘부른은 시장 경제 체제에 반대하는 극단적인 이야기를 늘어놓는데, 그것을 비난할 수는 없을 것이다. 그는 더 이상 '상표의 파시즘'에 관해서 말하기를 주저해서는 안 된다고 설명한다. 상표가 만들어낸 광고 시스템은 직접성매개체가 없음과 편재성동시에 도처에 존재함 그리고 '모든 논점과 그것의 반대를 포함하는 담화의 소형화로고와 슬로건으로 한 가지에 대해서 아주 강력하게 말하기'에 기초를 두고, 미디어에서 벗어난 전략파생 상품, 자동판매기, 인간관계 마케팅……을 사용한다. 그 결과 상품의 신성화에 기반을 둔 '진정한 정치 프로그램'을 강요하면서 광고는 '개인들의 심리적, 정서적, 사회적 공간'을 마침내 흡수, 파괴하고 만다. 그것은 파시즘이다. 왜냐하면 이 광고 제도는 소비자의 영웅화, 언어의 파괴, 모든 사고에서의 논리 제거, 풍요로움과 선택에 관한 영원한 환상, 한 공동체에 속한다는 느낌이라는 과정 위에 자리 잡고 있기 때문이다.[113]

광고 시스템은 사람들이 삶에서 더 이상 벗어나지 못하도록 하기 위해서 삶을 이념적인 관점에서 볼 때 일차원적인 삶으로 축소시킨다. 또한 자신에 대한 비난까지도 흡수해버리기 때문에 더욱더 전체주의적이다. 폴 아리에스는 "광고는 상상의 영역을 메마르게 한 뒤에 반항 정신을 죽였다"[114]라고 말했다. 광고는 반항을 유용한 것으로 만들었다. 다시 말해서 반항심을 이용해 청년들에게 시장의 시뮬라크르(현실을 복제했지만 독립적으로 생성되어 현실보다 더 진짜가 된다는 들뢰즈의 철학적 개념 — 옮긴이)를 소비하도록 제안하면서 광고는 시장의 시뮬라크르를 광고 시스템에 통합했다. 체 게바라의 초상화를 계속적으로 사용하는 것은 정말 웃기는 일이다. 미국에서는 소다수를, 독일에서는 담배를, 룩셈부르크에서는 심지어 은행 계좌를 개설하는 데 체 게바라를 사용하고 있다는 게 믿어지는가! 광고업자들이 스프레이 페인트를 이용하는 그래피티의 미학과 '광고를 반대하는 광고'의 선전 문구에 달려든 것은 놀라운 일이 아니다.

산업 시스템은 광고업자들, 국가, 몇몇 미디어와 의사들, 은행(프랑스에서는 소비를 촉진시키기 위해 1200만 가구에 대출을 해주었다)과 같은 수많은 동조자들의 도움을 받아서 토크빌의 예언을 실현하는 중이다. 1840년 토크빌은 민주주의 국가들을 위협하고 있는 것이 무엇인지 알아챘다. 그것은 폭압적인 독재정치는 아니더라도 사람들을 유아기 단계에 머물게 하려고 애쓰면서 사람들을 자기 보호 아래에 두는 '완화된 형태의 전제군주제' 이다. 토크빌은 '시민들이 즐거워하는 것만을 원하기만 한다면' 시민들이 즐거워하는 것을 보고 싶어 하는 권력, '시민들의 의지를 산산조각내지는 않지만 시민들의 의지를 좌절시키고, 복종시키고, 지휘하는' 권력을 상상했다.[115] 현재의 시장 경제 시스템은 사실 우리 인생에서 아주 사소한 도움을 줄 뿐이다. 이 시스템이 보여주는 호의는 사회의 필요를 예측하기 위해서 시장 경제 시스템이 사회에 행하는 일반적인 감시나 다름없다. 이 시스템이 우리 삶의 고통과 고민들을 덜어줄 수 있을까?

헉슬리가 두려워한 것도 바로 이것이다. 실제로 소비자중심주의의 세상은 우리가 벗어나서는 안 되는 것으로 길들여진, 그런 최고의 세상, 완벽한 전체주의 세상은 아닐까?

위험한 관계

어떠한 속박을 부술 수 있는 힘이 다시 또 새로운 속박을 만들어내는 일이 종종 있다는 것을 역사는 보여준다. 산업은 가장 고통스러운 노역을 하지 않을 수 있게 해준 반면에 끊임없이 우리를 노동의 노예로 만들었다. 이때 광고가 중요한 역할을 담당했다. 광고는 우리에게 소비하고자 하는 끝없는 욕망을 전파하면서 우리를 우리에게 도움이 될 것이라 여겼던 기계의 노예로 만들었다. 그리고 소비에 대한 끝없는 욕망을 키우면서 현재의 생산방식이 가지고 있는 위험을 폭로하기만 한다.

산업 선전 활동은 상품에만 한정될 수 없었고, 현대성이 긍정적으로 가져야 했던 것의 상징인 저널리즘, 민주주의, 의학이라는 대단히 중요한 세 가지 분야의 독립성을 존중할 수도 없었다. 산업 선전 활동이 이 세 분야를 자본의 축적에 이용하면서 위험스럽게도 자본 축적의 논리를 왜곡시킨 것은 놀라운 일이 아니다. 산업 선전 활동의 영향력 안에 있는 미디어는 자유사상(종교 문제에 있어서 오로지 이성에만 의존할 뿐 기존의 어떤 이론에도 영향을 받지 않으려는 입장으로서, 신앙이 없는 태도를 의미—옮긴이)을 보급시키기는 커녕 소비를 조장하는 도구가 된다. 선전은 커뮤니케이션의 단계를 넘어서 정치에 무관심하게 만들고, 민주주의의 실체를 제거한다. 광고가 약전(藥典, 국가가 약품에 대하여 약제의 처방 기준을 정한 책—옮긴이)을 좌지우지하게 되면서 의학은 병을 유발하는 체계로 변형된다. 그러나 이 제도들이 흔들리지 않는다면 광고는 늘 행하던 파괴 공작을 완수할 수 없을 것이다. 광고는 아주 쉽게 여러 분야를 점령했고 각 분야에서 결함이 생기고 있는데, 이는 실제로 광고 때문에 생긴 것이다.

미디어의 독립이라는 망상

19세기 중엽 이전에는 독자와 편집자가 신문 제작에 자금을 댔다. 신문 제작의 목표는 이익을 남기는 것이 아니라 전제군주의 절대적 권력에 대항하는 견제 세력을 형성하는 것이었다. 1836년 에밀 드 지라르댕은 현대 대중 언론의 기본이 되는 하나의 방식을 만들어냈다. 신문 맨 뒤에 유료 광고방식을 도입했던 것이다. 그렇게 함으로써 신문의 판매 가격을 낮출 수 있게 되고, 더 많은 독자를 확보할 수 있고, 그래서 더 많은 광고를 낼 수 있었다. 이 방식은 일반화되었고, 오늘날 대부분의 신문은 총경비의 50퍼센트를 광고에 의존하고 있다. 100퍼센트를 광고에 의존하는 신문도 있다. 더 많은 대중에게 신문을 보급하는 것이 유일한 기능인 '무가' 신문들이 그렇다.

물론 광고장이는 신문이 영리 단체가 된 것에 만족스러워한다. 이 영리 단체가 보기에 광고는 '주도권을 쥐고', '자기 말을 강요하며', 광고의 보조 역할로 전락한 신문 지면에 '기생하는 동업자'[116]이다. 잡지의 경우에는 이런 식의 공생을 더욱 강조한다. 잡지라는 잠재적인 상점은 가만히 앉아서 상점의 진열장들을 구경하게 해준다. (프랑스국영철도공사, 에어프랑스 등의) '소비자 잡지'에서 극단적으로 나타나는 이런 공생 관계는 '매갈로그magalogues'라는 말을 통해 풍자적으로 표현된다. '매갈로그'라는 신조어는 나오미 클라인이 '팬을 위한 잡지fanzines'를 설명하기 위해서 '매거진magazine'과 '카탈로그catalogue'를 합쳐서 만든 말이다. '팬을 위한 잡지'란 미국의 중요 상표가 그들의 '삶의 방식'을 자신들의 '팬fan[117]'에게 파는 것에서 유래한 것이다. 2004년 르루아 메를랭(집, 가구, 정원 용품 슈퍼마켓으로 유럽 2위, 세계 4위—옮긴이)은 《당신의 집 옆에서*Du Côté de chez vous*》라는 잡지를 내놓았고, 프랑스 제1채널인 TF1에서 내놓은 같은 이름으로 된 짧은 프로그램과 공조했다. 이런 일은 정보 전달이라는 측면에서 보면 대단히 위험한 기업—텔레비전—언론이 함께 하는 공조의 결정체이다.

'광고pub'와 '보도info'의 공조는 이중의 활동을 통해 이루어졌다. 한편으로 광고업자들은 신문기자들이 쓴 기사의 양식과 스타일을 모방해서 신문 기사인지 광고문인지 모를 글을 써서 독자를 혼란스럽게 한다. 이런 은밀한 광고출처를 왜곡하면서 퍼지는 흑색선전과 완벽한 동의어에 대처하기 위해서 법은, 광고는 광고라고 밝혀야 한다고 정했다. 그래도 광고는 '광고—서류', '책 부록', '원탁圓卓' 등의 이름으로 계속해서 가장하고 있다.

하지만 광고가 보도를 흉내 낸다면 보도 역시 광고와 한통속이 된다. 자칭 기자들은 이름을 널리 알리고 싶어 하는 상표를 자기 기사에 자주 언급하는 대가로 뇌물을 받는다. 또 겉으로 보기에 판매 홍보용인지 기사인지 알 수 없는 '광고 르포르타주'나 '판매 촉진 저널리즘'을 실천하는 기자들도 있다. 저널리즘은 별다를 것 없는 하나의 사업이 되어버려서 몇몇 편집진은 '정보 소비자'들의 기대를 확실히 만족시키기 위해 마케팅 카운슬러에게 도움을 청하기도 한다. 필연적으로 정치는 '소비에 관한 앙케트'나 다른 분야의 '사회에 관한 주제'보다 중요성이 떨어진다. 이제 정보info는 알려주는 것보다 즐거움엔터테인먼트entertainment을 주어야 하는 것이다. 우리는 '인포테인먼트infotainment' 시대에 들어선 것이다.

이러한 경향은 특히 텔레비전에서 강하게 나타난다. 광고주는 광고 회사를 통해서 부분적으로 방송 프로그램 시간표에 관여한다. 시청률이 높은 프로그램일수록 광고를 많이 할 수 있게 되고, 그만큼 많은 돈을 벌게 된다. 반대로 시청률이 낮으면 황금 시간대에서 밀려나게 된다. 광고주는 방송 내용에도 영향을 미친다. 부정적인 감정을 유발하는 프로그램이 그들 제품에 영향을 줄까 봐 광고주는 그들의 스팟광고가 그런 프로그램의 앞뒤 시간에 방송되는 것을 거부한다. 정기간행물의 경우에는 광고주가 상표를 비난하는 기사나 그런 것과 관련된 기사, 예를 들어 상표 소유 국가, 상표 생산 국가들이 등장하는 기사 사이에 광고가 들어가지 않도록 요구한다. 광고는 이렇게 제품에 관한 '정보'에 대해 독점하려는 경향이 있고, 실질적으로 독점을 강화한다.

여기서 문제가 되는 것은 (광고주와 언론사 사이의 연결 고리인) 광고 대행사들이다. 그리고 더욱 문제가 되는 것은 광고 분야의 구매 전담 기구이다. (과녁을 겨냥하고 정확하게 맞히기 위해서 적절한 보도 자료를 작성해 집중적으로 공략하는) '미디어 계획'의 조언자로서 구매 전담 기구는 언론사에 먹이광고를 주지 않겠다고 위협하면서 강력한 영향력을 행사할 수 있고, 을러댈 수도 있다. 광고 분야는 주도권을 쥐고 있기 때문에 그들의 압력은 더욱더 강력하다. 실제로 다섯 군데의 광고 구입 센터가 광고 구매의 80퍼센트를 차지한다.[118] 광고주가 많으니 한 광고주에게만 편향되지 않아 언론의 자유가 보장될 것이라고 여기겠지만 그것은 사실 착각일 뿐이다. 때문에 광고에 호의적인 구태의연한 논쟁을 벌이는 일에 관해서는 의문을 제기해야 한다.

기자들의 임무가 독자적으로 분석하고 비판하는 것이기 때문에 기자들은 자신의 신문에 자금이 출자되는 것에 자부심을 느낀다. 그래서 몇몇 기자들은 대기업과 그들을 묶는 관계를 강력히 요구한다. 〈르 몽드〉 사장은 "광고는 신문의 독립을 보장한다"고 주장한다. 다시 말해서 정치권력에 대한 독립을 보장한다는 것이다. 그러나 외부로부터 돈을 받는 것은 신문의 입장에서는 경제권력에 대한 종속을 의미한다. 국가의 지원을 받는 신문의 기자가 자신을 먹여 살리는 국가의 손을 물지 않는 것이 당연하다면 그 손이 자본가의 손일 경우에는 기자가 자본가의 손을 과연 물 수 있겠는가?

50여 년 전에 〈르 몽드〉의 창립자는 이렇게 선언했다.

"신문이 지나치게 광고에 의존하는 것은 위험하다. 그렇게 되면 신문이 협박에 굴복할 수 있기 때문이다."[119]

사실 오로지 구독자에게만 돈을 받는 것이 언론의 완전한 독립을 보장해준다. 그래서 《카나르 앙셰네*Canard enchaîné*, 1915년에 창간된 풍자 주간지. 언어의 유희를 극대화한 폭로 기사로 유명하다—옮긴이》는 엄청난 금액의 광고를 거부하고, 단 한 줄의 광고도 싣지 않는다. 이 주간지가 미디어계에서 유일하게 광고의 나쁜 영향력을 대중에게 알린다는 사실은 놀라운 일이 아니다.

플로랑스 아말루 기자는 논설에 영향을 끼치고 싶어 하는 광고주가 광고를 어떻게 압력 수단, 때로는 억압 수단으로 사용하는지를 설명한다. 광고주는 광고를 빌미로 (너무 비판적인 기사가 나가면 광고를 빼겠다고) 협박하고, 광고주의 뜻에 어긋나는 제목을 거부하고, 광고 대행사들을 내세워 기자들을 해고하고 좌천시킨다. 또 기사 보도를 지연시키고, 아예 흔적도 없이 사라지게 하거나, 두루뭉술하게 바꾸고, 난도질하기도 한다. 더 부드럽고, 더 은밀하게 진행되는 또 다른 수법도 있다. 예를 들면 아는 사이임을 내세워 넌지시 경고하거나, 협박이나 공모를 하고, 광고주와의 특별한 관계를 이용하기도 한다. 유리한 미디어 환경의 조성을 원하는 사람들은 몽둥이 대신 '언론에 의한 대대적인 선전'이라는 당근을 흔들 줄도 알아야 한다. 내면화된 이런 압력 수단들은 자율규제 역할을 하고, 기자들도 이것을 부인하지 않는다.[120]

물론 거대 광고주들만이 행사할 수 있는 이런 관행들은 보도의 신뢰도에 심각한 문제를 제기한다. 그리고 정기간행물의 예산이 빈약할수록 광고주는 자신에게 불리한 기사를 아예 빼버리거나 자신에게 유리하게 기사를 쓰도록 정기간행물 편집자에게 압력을 행사한다. 광고주의 영향력이 클수록 언론사 쪽에서는 그를 특별 취급하게 된다. 그래서 미디어들은 비벤디 유니버설(당시 커뮤니케이션 분야의 세계 2위 기업—옮긴이)의 전 사장이었던 장 마리 메시에에게 짧은 임기 동안 지나치게 아부했다. 메시에가 프랑스 최대의 광고주 중 한 사람이었을 때 「미래의 위인」이라는 제목으로 인터뷰 기사가 제1면에 실리고, 그를 칭송하는 기사가 수없이 나왔다.

이처럼 대부분의 신문이 광고주에게 휘둘리게 되는 것은, 현대에는 정치가보다 상표가 오히려 법적으로 건드릴 수 없는 존재이기 때문이다. 그래서 더욱더 문제가 심각하다. 특히 오늘날 세상을 변화시키는 것은 대기업이라는 점에서, 대기업은 가장 해로운 '정치적 힘'으로 작용한다. 일상생활을 근본적으로 변화시키거나, 변화시킬 수 있는 사안들 유전자 조작 농산물, 나노 기술, 노동의 유연성 등을 결정하는 곳은 하원下院이 아니라 회사의 이사회나 과학기술 실험실이다. 전통적인 정치 기관은 기껏해야 싫은 일을 남에게 떠넘기는 일만 하고 있다.

물론 미디어들 사이에는 큰 차이가 있고, 미디어들의 종속화에도 다양한 단계가 있다. 그러나 광고가 어떠한 외부적인 속성으로 인해 미디어를 부패시킨다고는 생각하지 않는 것이 좋다. 광고와 미디어는 완전히 뒤얽혀 있다. 다시 말해서 미디어들은 엄청난 광고비를 차지하려고 하고, 광고 역시 대중에게 메시지를 전달하려면 미디어라는 통로를 필요로 한다. 특히 이 둘이 '익명의 개별화' 된 수신자인 대중에게 메시지를 전달하는 방식, 그 문제 많은 방식에는 근본적으로 유사한 점이 많다. 왜냐하면 우리가 수직적으로, 비인격적으로 미디어와 접촉할수록 더욱 우리끼리 수평 관계에서 인간적으로 맺어지지 않기 때문이다. 그리고 사실 그런 분열은 양날의 칼처럼 더욱 우리를 매스미디어에 의존하게 하고 약화시킨다. 그러니까 매스미디어가 (많은 독자나 시청자가 접속할 수 있는) 민주적이고 막강한 정보 수단일수록 그 정보 수단을 보유한 사람에게 엄청난 정보 왜곡의 힘을 부여하면서 더욱 대중의 발언에서 소수의 발언에 힘이 실리도록 도움을 주기도 한다. 산업–정보라는 거대한 제국은 '빵과 놀이'를 제공하면서 민주주의를 위협하고 있다. 베를루스코니가 집권하고 있는 이탈리아의 상황은 어디에서나 통용되는 법칙을 더욱 첨예하게 보여준다.

붕괴의 조짐은 언제나 내부에 있게 마련이다. 광고가 정보를 타락시킨다면 정보 자체의 취약점을 알아내야 한다. 이에 대해 크리스토퍼 라슈는 다음과 같이 말한다.

"민주주의가 요구하는 것은 격렬한 공개 토론이지 정보가 아니다. 물론 민주주의는 정보가 필요하다. 하지만 민주주의에 필요한 정보의 형태는 토론을 통해서만 얻어질 수 있다. 좋은 질문을 던지지 않으면 반드시 알아야 할 것이 무엇인지 모른다. 우리의 관심을 완전히 사로잡는 토론을 하고, 관심사에 집중할 때 우리는 중요한 정보를 찾는 진지한 탐색자가 된다. 그렇지 않으면 정보를 흡수한다고 하더라도 그저 수동적으로 정보를 받아들일 뿐이다."[121]

민주주의를 공략하는 커뮤니케이션

결국 정치적인 문제까지 왔다. 그리고 여기서 다시 한 번 광고는 여러 차례 성공한다. 광고와 선전의 방식이 일치하기는 하지만 둘 사이에는 엄연한 차이가 있다. 이 차이점은 두 가지였다. 하나는 적용 범위상업, 정치가 다르다는 것이고, 선전은 정치가와 정당 지지자들이 조직하는 반면 광고는 독자적인 직업기업은 광고를 외부의 대행 기관에 맡겼다을 형성했다는 것이다. 그러나 지금은 광고업자가 '정치적 마케팅' 이나 '선거 마케팅' 을 하고, 정당 선전을 담당한다. 이제는 두 가지 분야가 뒤섞여서 상업 선전 메시지가 나올 때 원래는 공적 단체에서 사용하는 '홍보communiqué' 라는 말이 먼저 나오고, 또 반대로 유료로 하는 정치 선전 메시지에는 때때로 '광고' 라는 말이 먼저 나온다.[122]

1980년대에 광고업자들은 '정치가 광고에 편입되고, 광고도 정치에 편입된 것'을 기뻐했다. 사람들의 생활이 풍요로워질 것이라는 전망은 사람들을 흥분시켰다.

"의무가 되다시피 한 대중 소비에 기초를 둔 사회에서는 모든 것이 팔리는데, 대부분이 품질 자체와는 상관없이 아주 다른 이유로 팔린다. 그 예로 정치가와 작은 화장용 비누를 들 수 있다."

불순물이 섞인 민주주의를 파는 우리들의 뜨내기 장사치에게 선거는 소비 행위와 다르지 않다.[123]

정치가 신념의 분야에서 유혹의 분야로 넘어간다고 보는 관점은 시민들에게 그다지 즐거운 일은 아니다. 이로 인해 여러 가지 법이 생겼다. 정치 선전은 텔레비전, 라디오, 그리고 1990년에는 벽보에서도 금지된다. 그러자 너무 요란해 보이는 광고라는 말 대신 '커뮤니케이션'이라는 말을 사용하게 된다. 교활함을 엿볼 수 있는 대목이다. '알리다communiquer'라는 말은 지나치게 편파적으로 보이지는 않지만 사실은 사람들을 더 많이 기만한다. 이에 관해 한 홍보 전문가는 이렇게 설명한다.

"커뮤니케이션에 관한 조언은 반드시 광고 형태로 표현되는 것은 아니며, 항상 눈에 띄는 것도 아니다."[124]

커뮤니케이션은 은밀하면서도 항상 다양한 대중의 자세와 행동에 영향을 미쳐야 한다.[125] 총리가 되기 전 광고장이였던 장 피에르 라파랭(2002년 5월부터 2005년 5월까지 자크 시라크 대통령 밑에서 총리 역임. 총리로 부임하기 전에 15년간 사기업에서 마케팅과 커뮤니케이션을 담당함—옮긴이)은 확신에 찬 목소리로 다음과 같이 말한다.

"광고 커뮤니케이션은 많은 사람들에게 사회의 모든 심각한 문제들에 대한 해결책이 되었다."[126]

컴'은 노사 간 분쟁을 해결하고, 여론을 관리하는 방법이다. 컴'이란 이름으로 모든 문제가 해결될 것이다. 지배한다는 것은 실제와 다른 모습으로 꾸미고 나타나는 것이다.

컴' 담당 고문들은 효과적인 상업 기술에서 영감을 얻는다. 그들은 계산된 미소를 지을 줄 아는 소수의 정치 선동가를 키우기 위해서 '타파웨어(Tupperware, 한국에서 '타파'라는 플라스틱으로 잘 알려진 미국 회사—옮긴이) 회의'를 조직한다. 그들은 사람들과 이런저런 이야기를 나누기 위해서 텔레마케팅과 통신판매를 이용한다. 그리고 정치가들은 텔레비전과 라디오 채널의 광고 정글에 등장하는 것이 금지되어 있다고는 하지만 그들은 어떻게 해서든 틈을 비집고 들어갈 기회를 노리고 있다. 홍보 전문가의 역할은 그 범위가 아주 넓다. 메시지를 전달하기 위해서 미리 계산해서 프로그램에 참여하는 문제를 협상하고, 제한된 발언 시간에 맞추어 시간을 유용하게 사용해야 한다. 그래서 다음과 같은 광고 규칙이 적용된다. 한 가지 생각을 팔기 위해서 첫째, 한 가지, 단 한 가지 약속을 한다. 둘째, 목표에 맞게 해야 한다. 셋째, 간단명료하게 말해야 한다. 넷째, 믿음을 주어야 한다. 다섯째, 제품을 지속적으로 다양하게 만들어낼 수 있도록 한다. 여섯째, 기회를 잘 봐야 한다. 광고전은 한두 가지 주제에 맞춰 진행되고, 해야 할 말은 슬로건이 된다는 것을 알 수 있다.

오디마트시청률 측정기가 시청률을 집계하기 시작하면서 정치 프로를 보는 것은 더 어렵게 되어버렸다. 그래서 홍보 전문가는 그들의 고객이 다른 프로, 특히 쇼 프로에 출연할 수 있도록 해야 했다. 사적인 이야기를 하고, 이미지를 개선하고, 이미지를 각인시키기 위해서라면 무슨 짓이든 해야 한다. 어쨌든 정부의 정당이 중도 세력을 확보하기 위해서 그들의 강령을 표준화한 이후에 모든 것은 상표 이미지와 다를 바 없는 후보자의 개성에 좌우된다. 정치에 관해서는 말하지 않지만, 아내와 아이들, 취미에 대해서는 이야기를 하는 것이다.

국내외 홍보전략을 잘 통제하기 위해서든, 자국민들을 더 많이 현혹시킬 만한 허수아비를 선택하기 위해서든, 홍보 대리인의 활동에 많은 부분 의존하는, 혁명 정권이 지배하는 몇몇 나라에서 정치 형태의 타락상을 가장 잘 볼 수 있다. 과테말라가 그런 피해를 본 예이다. 과테말라의 정치 홍보 산업의 창립자는 자국 엘리트와 미국 CIA를 부추겨서 유나이티드 프루트 컴퍼니United Fruit Company가 좌지우지하는 바나나 공화국(매판 자본의 영향을 받는 부패한 공화국을 폄하하는 표현. 1899년 창설된 미국의 유나이티드 프루트 컴퍼니가 바나나 매매를 독점하기 위해서 중남미 국가, 특히 과테말라에서 농지 개혁을 방해하면서 영향력을 행사하는 것에서 유래—옮긴이)에서 감히 토지 개혁을 추진했던 자국의 민주적 대통령을 전복시키기 위해 미국 여론을 동원했다.[127]

블록버스터 영화를 보는 듯했던 걸프전은 대중 조작 분야의 금메달감이었다. 한 홍보 대리인은 미국 의회에 간호사를 세워 이라크 군인들이 갓난아기들을 죽이는 것을 보았다는 조작된 허위 증언을 하도록 했다. 흥분한 대중은 마침내 전쟁을 해야 한다는 주장에 설득당했다. 부시 측의 홍보 전문가는 조지 오웰이 상상한 '노브랑그'를 실행한다. '외과 수술처럼 필요한 부분만 폭격'하겠다고 말하면 사람들은 폭격을 쉽게 받아들이게 되는데, 실제로 이런 폭격이 희생자를 감소시킨 것은 아니었다. 그것은 주저하는 여론에 전쟁을 정당화시키기 위한 정치 마케팅의 교묘한 전략이었다.

나중에 미디어들이 걸프전 당시 연합군 선전 담당자의 나팔수 역할을 했다고 스스로 인정했으면서도 기만 선전 작업은 더욱 증가했다. 홍보 대리인들은 북대서양조약기구NATO의 개입을 정당화하기 위해서 세르비아인들과 나치를 동일시하게 만들기 위해[128] 온갖 노력을 다했다. 그래서 코소보에 인종 학살이 있었다는 거짓 정보를 퍼뜨리는 데 성공했다. 미디어, 지식인, 여론은 모두 속았다. 나중에 국제사법재판소는 2108구의 시신만 찾아냈을 뿐 대규모 학살 현장은 찾아내지 못했다. 밀로셰비치가 저질렀다는 반인륜적 범죄와 민족 말살 행위는 서방 정보 당국이 날조했을 것이다. 밀로셰비치는 전범으로만 기소되었다.[129]

미국과 영국에서 활동하는 오피스 오브 글로벌 커뮤니케이션은 제2차 이라크 전쟁 당시 능수능란하게 일을 처리했다. 대량 살상 무기에 대한 거짓말이 유럽에서 통하지는 않았지만 (연합군에 의해서, 미디어를 위해서 사전에 조직된) 사담 후세인 동상 끌어내리기라는 기만책은 공산주의가 몰락할 당시의 장면과 겹치면서 그래도 전쟁이 정당하다는 것을 현장에서 효과적으로 보여주었다.

가장 먼저 다시 바꿔야 할 것은 말의 의미이다. 정부들은 항상 선전을 해왔다. 프랑스에는 제2차 세계대전 전에 선전부가 따로 있었는데, 나중에 선전이란 용어는 경멸적인 의미를 가지게 되었다. 선전 담당자가 '홍보 전문가communicant' 또는 '공보relations publiques 전문가' 라는 듣기 좋은 이름으로 바뀌면서, 도무지 속을 알 수 없는 그들 작업의 조작적인 본질을 정직이라는 후광으로 덮어버렸다.

상황은 아주 나빠졌다. 그런데도 프랑스의 정치 광고 규제를 없애기 위해서 (스팟광고에 관한 금지 규정은 2004년 유럽의회 선거에서 해제되었다) 컴' 의 방물장수는 '민주주의와 커뮤니케이션' 이라는 로비 단체를 최근 설립했다. 광고 방물장수 중 한 사람이 자크 세겔라이다. '광고의 자식(Fils de pub, 이 말은 프랑스에서 욕으로 자주 사용되는 '창녀의 자식fils de pute' 을 떠올리도록 의도적으로 만든 말로서, 광고와 창녀를 동급으로 취급한 냉소적인 표현—옮긴이)이나 '부자 용병富者 傭兵', '카멜레온' 으로 자신을 소개하기를 즐기는 그는 광고에 대해서 속속들이 알고 있다. 그는 '미테랑 세대' 라는 제목을 단 미테랑 대통령의 재선 대선 광고 포스터를 제작했을 뿐만 아니라, 항상 승자의 편에 서기 위해서 상황에 따라 입장을 바꾼 것을 자랑스럽게 말하면서 전 세계 각국의 정당 광고를 담당했다.[130] 많은 프랑스 홍보 전문가들이 그랬던 것처럼 그는 '프랑스 아프리카' 조직망 안에서 성장했고, 특히 석유 같은 프랑스의 국가 기간산업의 이익을 아주 잘 이용하는 아프리카 독재자를 위해서 일했다.[131]

우리가 이런 변화들을 역사적인 관점에서 본다면, 위르겐 하버마스와 '공공장소의 재봉건화再封建化'[132]에 관해서 언급해야 할 것이다. 중세에 정치적 결정은 권력 내부의 몇몇 사람 사이에서 비밀리에 이루어졌다. 민중들에게는 실력자들이 자신의 특권을 강화하기 위해서 멋진 광경을 보여주는 행렬과 축제들만 제공했다. 계몽주의 시대에는 수동적으로 권력에 환호하는 데 만족하지 않고 권력에 항의하고 권력에 대해서 토론하는 대중이 형성된다. 이것이 근대 정치 혁명의 기원이다. 그러나 경제적 집중이 강화되고, 새로운 정치 세력과 대기업의 등장으로 공공장소는 실력자들이 지지를 받기 위해 자기 자랑을 하느라 여념이 없는 우스꽝스러운 무대로 급격히 변모했다. 중요한 정책 노선은 논의도 없이 컴'의 전략에 따라 강요당한다. 정책의 문제점들은 숨겨놓고 보여주지 않는다. 이것이 '지지를 만들어내기manufacturing of consent'이다.

세겔라가 밝힌 '대표 민주주의에서 소비자중심주의의 민주주의로 전환'한 것에 대해서 사람들은 분개할 수 있다.[133] 그러나 이런 식의 경로 이탈은 대표 민주주의의 불충분함을 더욱 강화시킬 뿐이다. 대표 민주주의는 정치 분야에 개개인의 관심을 필요로 하지 않는다. 참여의 개념이 5년마다 투표하러 가는 것으로 축소된 순간부터 권력이 정치 전문가와 홍보 전문가에게 넘어가는 것을 보고 놀라서는 안 된다. 이런 예기치 않은 변화에는 진보주의 진영의 사람들에게 일정 부분 책임이 있다. 공개 토론과 인민 주권의 구체적인 조건에 관한 좋지 않은 결과를 고려하지 않은 상태에서 산업과 미디어의 발전을 진보에 통합시키면서 진보주의적 정신은 지역 자주정부自主政府의 서민 전통을 비웃는 경향을 보였

고, 산업과 미디어의 발전에 대한 어떤 통찰력도 보여주지 못했다.

정치가 점점 더 공연 무대로 축소되는 것은 유감스럽지만 당연한 결과이다. 광고의 타락은 민주주의의 지나치게 느슨하고, 지나치게 미디어를 통해서 나타나는다시 말해서 간접적인 개념의 한계를 노출할 뿐이다. 국가적 정책이건, 산업적 정책이건 간에 여러 정책을 공공의 이익이라는 베일 뒤에 감추면서 여론을 조작하는 길은 활짝 열려 있다. 2004년 사노피-생텔라보 회사는 아벤티스 제약 회사에 대해서 공격적인 공개 주식 매매를 감행했다. 이때 펼쳐진 커뮤니케이션 캠페인을 본 순진한 사람들은 사노피-생텔라보 회사가 제약업계를 거의 독점하다시피 하기 위한 공개 주식 매매에 나선 이유가 인간적인 고뇌에서 출발해서 오직 생명을 구하기 위해서였다고 믿을 정도였다.

산업이 만들어낸 새로운 질병

중세에 약장수와 이를 뽑는 사람은 기적의 물약과 청춘의 묘약을 내세우며 영원한 젊음까지 약속했다. 세상이 발전하면서 이런 일들은 사라졌을 것이라 생각할 것이다. 그러나 광고는 오히려 이런 일들을 하는 데 더욱 앞장서고 있다. 여기서 가히 풍자적이라 할 만한 화장품의 예를 들지는 않겠다. 오히려 거의 알려지지는 않았지만 제약 산업이 광고 시스템을 사용해 의학을 타락시킨 방법에 대해서는 다시 한 번 생각해볼 만한 가치가 있다.

프랑스에서는 약의 판매와 직접적인 광고의 경우 법적 규제를 받는다. 그런데 실제로 이 규제가 점점 더 느슨해지고 있다. 제약 산업은 일반 대중과 접할 수 있는 방법을 모색하고, 광고장이는 "법적 규제를 피해 가기 위해 온갖 술책을 경쟁적으로 사용한다"고 자랑스럽게 설명한다. 프랑스의 광고쟁이들은 미국을 따라 잡고 싶어 한다. 미국에서는 규제가 많이 완화되어 자유롭게 소비자와 직접 접촉하는 것이 허용되었다. 10년 동안 광고 예산은 10배로 증가했고, 광고를 한 약의 매출은 3배 증가했다.[134]

프랑스는 아직 그 정도는 아니지만 광고 시스템은 법이 허용하는 한도에서 처방전을 발부하는 의사를 공략한다는 목표를 세우고 활발하게 움직이고 있다. 의사들은 제약 회사의 많은 영업 사원에 포위되어 있다. 병원에는 간호 인력이 부족하다는데 의사 9명에 영업 사원 1명이라는 비율을 잊어서는 안 된다. 의학 연구에 돈을 대기 위해서 가난한 나라에 10배나 높은 특허 사용료와 그것 이상으로 더 비싼 약값을 지불하게 하는 '가혹한 필요성'에 대해서도 자주 언급한다. 제약 회사는 연구비로 전체 예산의 9퍼센트 내지 18퍼센트를 지출하는데, 이것은 마케팅 비용의 3분의 1 수준이라는 것을 명심해야 한다.[135]

환자의 건강을 위해서 최선을 다하는 자신의 직업에 오랫동안 자부심을 가졌던 의사들은 어떤 제품을 과소비하는 데에 자신이 연루된 것을 알아차리게 된다. 효과적인 광고 시스템은 처방전을 발부하는 의사가 일부 환자들의 건강을 해치는 데 기여하도록 하는 것을 목표로 삼는다. 그래서 이미 그 과정을 체험한 사람이 허위 선전을 한다. 미래의 의사가 될 의대생은 수련 기간 중에 선물의 세계, 친근해진 상표logo의 세계, 파티를 열 수 있고 휴가 기간 중에 스키를 타러 갈 수 있도록 돈을 주는 너그러운 후원자의 세계를 경험하게 된다. 그에 대한 보답은 별 것

아닌 것처럼 보인다. 제품에 대한 아름다운 과학적 진실을 이야기하는 후원자의 말을 주의 깊게 듣는 척하기만 하면 되는 것이다. 어쨌든 이미 이러한 세계에 잘 길들여진 대부분의 선배들은 "이런 것들은 우리가 의사가 되기 위해서 받아야 할 과정의 일부야"라고 말하기도 한다.

그 후 의대생은 제약 회사와 관련된 폐단들을 진지하게 배우기 시작한다. 책들은 굵은 글씨로 표기된 특정한 약들을 사용하라고 권하고, 이 약들의 빛나는 광고는 책의 표지나 내부에 삽입된 부분에 자리 잡고 있다. 책은 이미 언급한 전공 분야의 약들을 생산하는 제약 회사의 증권 상장 덕분에 유명해진 '유명 약품 상표들' 로 채워져 있다. 그러나 학생들에게 이 책은 반드시 있어야 하는 유일한 참고 서적이다. 의학 내용을 모조리 암기하듯이 책에 나온 약 이름도 모두 외운다. 인턴이 되면 그는 좋든 싫든 한 주에 몇 차례씩 제약 회사 실험실에 드나들게 된다의례적인 방문, 일정에 포함된 외출, 정보를 주는 회의라는 명목으로. 게다가 학과장은 자신이 잘 아는 제약 회사에 유리한 처방전을 쓰도록 직간접적으로 영향을 준다.

의사는 처방전을 쓰는 일로 인해 일생 동안 아첨하는 사람들에 둘러싸여 살게 된다. 그리고 회의, 식사, 재교육을 위한 연수는 이미 배운 지식을 풍부하게 해준다. 이런 지식은 때때로 부작용에 대해 언급하는 것을 잊기도 하고, 참고 잡지나 약 성분을 자랑하는 소책자 안에 교묘하게 감춰져 있는 경우도 있다. (제2세대의 것보다 부작용이 없지만 심혈관 질환의 위험을 증가시키는 것으로 알려진) 제3세대 피임약이 나왔을 때 제약 회사는 경쟁 회사의 피임약과는 달리 어떻게 콜레스테롤 수치가 증가하지 않는지 판매 촉진 자료에 설명했다. 설명서를 자세히 읽으면 이런 과학적 실험 결과의 근거는 암토끼에게서 얻은 것이라는 사실을 알게 된다. 암토끼는 그 효능을 알겠지.

(아주 최근에) 의사들이 비판적인 시각을 갖게 되었다고 해도 뒤에서 조종하는 방법은 얼마든지 있게 마련이다. 제약 회사 영업 사원들이 의사들에게 자사의 의약품을 홍보하지 않으면 약사와 건강보험기금이 긴밀하게 협조하면서 감시한 한적한 지역에서 처방된 약의 총량은 감소한다. 영업 사원들은 의사들의 임상 실험의 의미를 강조할까? 그렇다. 저명한 의사가 인정한 과학적 논문이 나오고, 순식간에 학회를 열고, 있지도 않은 병까지 임상적인 의미로 중요성을 부여한다.[136] 정상적인 사람과 비정상적인 사람의 차이가 아주 작을 경우, 병을 만들어내는 것은 아주 쉽다. 콜레스테롤 수치나 혈압을 어느 단계부터 질병으로 보고 치료해야 하나? 숫자에 아주 작은 변동만 있어도 거대한 시장을 만들어낼 수 있다.

제약업계에서 17년간 일한 필립 피냐르는 제약 산업이 '자본주의라는 왕관에 박힌 보석'이라는 사실을 우리에게 다시 한 번 상기시켜준다. 제약업계의 이윤은 다른 어떤 분야보다도 많다. 심지어는 은행 이윤보다도 많다. 그러나 특허권이 만료되는 시점이 있다는 것을 고려하면 계속해서 높은 이윤을 유지하기 위해서는 끊임없이 새로운 제품을 만들어내야 하고, 아무리 신중한 소비자라도 새로운 제품을 소비하게 하도록 발 빠르게 대처해야 한다. 필립 피냐르는 제약업계가 사용한 전략을 자세히 밝힌다. 새로운 분자 구조의 약품을 널리 알리고, 이 약품의 장점이 정말로 확인되었다는 것을 설명하기 위해서 논문 하나를 공동 명의로 발표하고, 심지어는 동일한 약품을 두 가지 다른 이름으로 상품화하여 더 빠르게 약품을 소비할 수 있도록 한다공동 마케팅 전략. 또 의사에게 처방전에 우선적으로 이 약의 이름을 쓰게 한다. 특정 분자 구조의 약품이 공공 분야와 관계되면 광고업자들은 상표의 명성에 기대를 걸면서 약품을 그럴듯하게 포장한다. 예를 들면 돌리프란이 진통해열제 역할밖에 못한다는 것을 잊게 하려고 총력을 다하는 식이다. 특정 고객을 목표로 삼는 마케팅 전략도 있다. 제약 회사는 한 가지 병리학에 제한된 하부 분야에 약품을 제안하고, 의사들에게 병을 검진하는 교육을 시키면서 일반 대중이 보는 언론 기관에 이것에 관한 문제를 계속 제기해서 특정 고객을 늘리려고 애를 쓴다. 단기 우울증이나 조발성치매처럼 새로운 정신 장애가 나타나는 것을 우리는 두 눈으로 똑바로 보았다.[137]

새로운 의약품을 만들어내지 못하는 경우에 제약 회사는 과거에 생산한 제품을 팔기 위해서 새로운 환자를 만들어내기까지 한다. 그러기 위해서 제약 회사는 특히 미디어를 통해서 대중에게 직접 호소하는 커뮤니케이션 전략을 사용하고, 광고 시스템의 모든 전략을 동원한다. 이렇게 해서 미국에서는 '사회적 공포 장애'라는 새로운 병이 생겨났다. 1997년과 1998년 사이에 이러한 증상의 환자는 50명 정도 있다고 언론에 보고되었다. 그런데 1999년에는 이 병이 전염병처럼 퍼졌는지 감염된 사람이 10억 명 이상이라고 한다. 도대체 무슨 일이 벌어진 것일까? 2000년 18퍼센트의 판매 증가를 보인 신경안정제 파실Paxil의 새로운 판

로를 찾으려고 제약 회사가 이익을 앞세워 활발한 홍보 전략을 펼쳤을 뿐이다.[138]

이러한 전략은 위험하다. 약품은 양성 부작용에서 악성 부작용까지 수많은 문제를 일으킬 수 있기 때문이다. 예를 들어 어떤 제약 회사가 '남성 폐경'을 해결해주는 호르몬을 출시한다고 하자. 이 약품의 광고는 젊게 살면서 성적 욕구를 그대로 유지하고 싶어 하는 남자들의 욕망에 초점을 맞춘다. 그러나 출시된 테스토스테론은 장기적으로 전립선암 환자를 엄청나게 증가시킬 우려가 있다. 그리고 단기적으로도 2500명을 대상으로 한 임상 실험으로는 통계상 심각한 후유증을 밝혀내기에는 신뢰도가 너무 낮다. 제약 회사가 모든 가능한 조치를 취한다고 해도 문제가 생길 때는 약품의 분자 구조의 특질 때문이 아니라 임상 실험에 참여하는 사람의 특징 때문이라고 설명한다. 1985년 시판 허가를 받은 식욕감퇴제가 있었다. 제약 회사는 기뻐 날뛰며 학회를 개최했다. 이 기적의 약이 약을 과용한 환자, 광고에 나오면 솔깃해하는 귀가 얇은 사람들, 수백만 명의 보통 사람들의 식사의 질을 개선해줄 것이라고 했다. 몇 년 동안 700만 명이 이 약을 먹었고, 그런 뒤에 이 약의 위험성이 밝혀졌다. 2004년까지 200명이 사망했거나 심한 후유증을 앓았다.

의사-환자-제약 회사의 삼각관계에서 나오는 이윤을 극대화하기 위해서 펼치는 능란한 술책은 무시무시하다. 진실보다는 이미지가 지배한다는 점은 부인할 수 없는 광고의 특징이다. 하지만 보건 분야에서 진실보다 이미지를 앞세우는 것은 범죄 행위이다. 약품은 잠재적으로 대인對人 지뢰이다. 약품의 과소비를 자극하는 광고의 범람으로 프랑스에서는 매년 130만 명의 입원 환자전체 입원 환자의 10퍼센트가 생기고, 1만 8000명이 사망한다. 덕분에 예방의 원칙은 완전히 사라져버렸다. 완전한 건강, 아름다움, 그리고 영원한 청춘이라는 병적인 환상을 품게 되면서 초대형 제약 회사는 사실 새로운 질병들을 만들어내고 있다.

제약 회사는 우리의 독립과 심지어는 우리의 생명까지도 이윤이라는 신에게 고의적으로 희생시킨다. 제약 회사의 마케팅 담당자보다 더 냉소적인 사람은 지구상 어디에도 없다. 그러나 이런 의학적 탈선을 광고 시스템의 잘못으로만 몰아붙이는 것은 옳지 않다. 광고 시스템은 의학 개념의 결함을 들추어 내보이고 악화시킨다. 화학약품 처방에 집중된 현재의 의료 시스템이 그것을 잘 보여준다. 지나치게 독한 화학약품 성분이 병을 악화시키고 중독성을 유발한다. 통계에 의하면 보건 분야의 발전에 결정적으로 기여한 것은 현대 의약품이 아니라 삶의 조건의 향상, 특히 식품의 질의 향상이다. 다시 말하면 개개인이 통제할 수 있게 되면서 보건 환경이 발전한 것이다. 개인의 자율성에 기초를 둔 건강의 또 다른 개념이 여기에서 나타난다. 건강한 생활 위생을 실천하고, 개인의 자율성을 지키면서 사람들은 아주 특별한 경우에만 의료 시스템에 의존하는 것이다.

의료 기술의 엄청난 발전이 평균수명의 연장에 거의 기여하지 못했을 뿐만 아니라 의사들이 원하지 않았던 불행한 결과를 초래한다. 의료 기술의 발전은 한편으로는 개인이 건전한 생활방식을 선택해 살면서 건강을 지킬 수 있다는 생각보다는, 전문의가 추천한 약품을 일상적으로 소비함으로써 건강을 더 잘 지킬 수 있다는 생각을 강하게 주입시킨다. 다른 한편으로 의료 기술의 발전은 현대의 삶의 조건을 정당화하는 데에 이용되었는데, 이러한 삶의 조건이 더욱더 많은 병을 만들어내고 있다. 프랑스에서는 매년 15만 명이 암으로 사망한다. 암은 공업과 관련된, 특히 약을 만드는 화학과 관련된 병이다. 산업 문명은 새로운 질병들을 만들어내고 있고, 의료 시스템 자체도 건강을 지키는 방식과는 거리가 멀다. 이에 관해 이반 일리치는 다음과 같이 말한다.

"파괴적인 사회 정치 구조는 환자들이 원하는 치료 방법으로 환자들을 만족시켜주었을 뿐이라고 변명한다. 그래서 의료 분야의 소비자들은 자신이나 주변 사람을 치료할 때 무기력해진다."[139]

end

우리의 생활방식 때문에 세상은 죽어간다

요즈음에 제기되고 있는 많은 환경 문제들은 극복할 수 없을 정도로 계속 악화되고 있다. 온실효과, 여러 종류화학, 원자력, 유전자의 오염, 자원의 고갈, 토양의 악화, 산림의 황폐화, 생물 종種의 감소 등 다양한 환경 문제의 잠재적인 폭발력은 환경 문제들이 이미 그들의 궤적으로 끌어들인 다음과 같은 사회적 결과에 있다. 건강과 관련된 재난, 기근, 자원 확보를 위한 전쟁, 예상치 못한 정치적 변화 등 사회적인 결과는 다양하다. 21세기는 충격적인 일도 많을 것이고, 논란거리도 많을 것으로 예상된다. 굳이 조목조목 예고된 재난을 열거하지는 않겠다. 자본주의가 성장하면서 개선장군처럼 당당하게 행진하는 과정에서 축적된 공해와 위험의 수치는 이미 여러 차례 밝혀졌다.[140]

우리 사회는 낭떠러지를 향해 뛰어들고 지구 전체를 끌어들이는 미친 듯한 질주 속으로 돌진한다. 그러나 우리는 안개가 미래 예측을 방해한다고 탓할 수는 없다. 안개는 걷힌 지 이미 오래고, 안개 대신에 연기를 피워서 실지 모습을 감추려는 시도는 무기력한 상태로 안주하려는 사람들을 잠재울 수 있을지 모른다. 그러나 새로운 사실은 우리가 더 이상 현실을 외면할 수 없게 되었다는 것이다. 왜냐하면 백질 절제수술을 해서 귀와 코가 막히지 않았다면, 우리가 계속 집행유예 상태로 살고 있는 이 세상이 황폐해지고 있다는 것은 너무도 명백한 사실이기 때문이다. 그런데 황폐해지는 과정을 '성장에 따른 손실'과 '진보를 위해 치르는 대가'로만 보려는 사람들이 있다. 이 장에서는 세상이 황폐해지는 것에 대해서 말하려고 한다.

황폐해지는 세상

세상은 경제학자, 과학자, 그리고 정치가가 숫자로 계산하는 추상적인 존재가 아니라 우리가 하루하루 살아가는 구체적이고도 민감한 환경이다. 우리가 살고 있는 세상은 분리할 수 없는 '인간과 자연'의 양면으로 구성되어 있다.

인간은 지구에서만 살아왔다. 인간이 없는 세상은 우주이고, 텅 비어 있고, 움직이지 않는 무한한 공간이다. 그래서 이 세상은 사회적이고 문화적인 면을 지니고 있다. 이 세상은 우리 외부에 있는 것이 아니라 우리 내부에 있고, 우리 사이에 있다. 한편 자연은 인간적 삶과 활동보다 먼저 존재했고, 제한적이다. 자연 밖에서는 인간적 삶과 활동이 존재하지 않는다. 우리가 보호하는 자연은 통찰력 있는 자연보호주의 운동의 리더가 꿈꾸는 얼룩 하나 없는 순결한 황무지가 아니다. 지금까지 손

대지 않은 자연이 거의 없고, 있다 하더라도 자연 그 자체를 보존하려 하는 것은 아니다. 우리의 삶의 영역과 우리가 함께 나누는 영역, 그러니까 '우주'로서보다 문화와 역사에 의해서 만들어진 자연적인 공간인 '들판'으로서 보존하겠다는 것이다. 이 들판의 보존은 필연적으로 자연과의 신중한 관계를 통해서 이루어진다. 우리는 자연을 파괴하지 않고, 자연을 인간적인 것으로 만들면서 살아왔다. 솜씨 좋은 많은 공학자들은 자연에서 벗어나서 인간이 자연을 지배한다고 믿고 싶어 한다. 그러나 자연은 공학자들이 자연을 이겼다고 확신한 승리가 잘못되었다는 것을 예상 밖의 결과를 보여주면서 자신의 독립성을 만천하에 알린다.

황폐해진 세상에 관해서 이야기하는 것은, 인류의 일부가 나머지 인류를 성장의 제단에 희생시키고 있고, 인간 삶의 자연적인 조건들의 파괴를 의미한다. 푸른 지구는 더러운 회색빛 쓰레기로 변하고 있다. 어쩌면 다음 세대들은 이 세상에 태어날 기회조차 갖지 못할지도 모른다. 너무 불결한 세상을 물려받아서 지구상의 삶이 불가능해지는 사람들도 있을 것이기 때문이다. 이처럼 훼손된 삶은 살 만한 가치조차 없어지게 된다. 핵무기, 원자력 발전소, 핵폐기물의 확산을 생각하고, 우리가 어느 때보다도 심각한 핵 위기에 봉착했다는 사실을 깊이 깨닫는다면 아마도 삶의 진행은 불가능해질지도 모른다.

실제로 지구가 사막화되는 현상은 가장 뚜렷하게 나타나는 지구 위기의 일부분일 뿐이다. 거주할 만한 공간은 축소되고, 바람직하지 않은 자연 현상토양의 부식, 해수면 상승, 공간을 사용할 수 없을 정도로 오염된 토지의 강제 수용이 확대되고 있다. 그러나 이 과정을 물질적이고 환경적인 면으로만 축소해서는 안 된다. 황폐화는 사회적, 문화적, 정신적인 분야에서도 일어나고 있다. 황폐해지는 것은 '아무 생각도 하지 않고, 정신적으로 피폐하게 하는', 다시 말해서 사막으로 만드는 것이다. 사막은 척박하고 살 수 없는 공간 또는 살기에 적합하지 않은 세상이다. 그리고 이 세상을 사막으로 만드는 것은 이 세상에 대한 환멸, 그리고 외톨이가 된 개인들끼리 벌이는 악착스런 경쟁의 결과로 사회적 관계가 상실되는 것을 의미하기도 한다.

유린당한다는 것, 고독을 산업적으로 대량생산하는 것이 바로 인간의 비극이다. 세상은 공생, 나누는 삶, 상호부조 그리고 연대, 다시 말해서 이 세상을 이루는 모든 것을 존중하며 함께 사는 것을 전제로 해야 하는데, 유린당한 세상은 무관심밖에는 나눌 것이 없는 불평등한 자아가 따로따로인 채로 그저 한 공간에 있기 위해서 공생의 방식을 점차 제거해가는 것을 의미한다. 우리 주위에 보면 살 곳 없는 노숙자들이 추위에 떨며 죽어가는 모습에서 알 수 있듯이, 서로 옆에 있다고 해서 반드시 함께 사는 것은 아니다. 시민들이 자기 운명에 대해 다시 한 번 관심을 갖게 해보려고 국가가 광고 캠페인을 하게 된 것이 세상이 유린당하고 있다는 것을 보여주는 가장 명백한 징후가 아닐까?

'고독한 군중'과 단순한 '접촉'에 그치는 인간관계는 도시 사회의 두드러진 특징이다. 우리가 사용하는 유린의 개념을 연구한 한나 아렌트는 도시 사회에서 나타나는 전체주의의 시초를 다음과 같이 보았다.

"계급이 대중으로 변신하는 것과 집단의 연대를 모두 제거하는 것은 전체를 지배하기 위한 필요불가결한 조건이다."[141]

유린은 모든 저항을 포기하도록 한다. 지속적으로 권력에 대항하려면 튼튼한 결속이 필요하다. 오래된 정치 격언 중 '분할하여 통치하라'는 말은 이것을 다시 한 번 강조한다. 황폐함의 주관적 측면인 유린 역시 황폐함의 원인 중 하나이다. 우리가 외부 세계와 단절하고, 아주 기능적인 이탈에 만족하는 한 황폐함은 이미 예정된 길을 계속 갈 것이다.

이 세상의 황폐함은 외부에서 일어나는 과정이 아니다. 우리 자신도 도시만큼이나 황폐해졌다. 이제 황폐함은 우리 내부, 우리 마음과 사막화된 우리 정신에 깊숙이 새겨져 있다. 황폐함은 사물의 상태이며, 동시에 그것을 대하는 정신 상태이다. 다시 말해서 황폐함은 나태와 무책임하게 포기하는 정신 상태, 광고업자들이 퍼뜨렸다고 자랑하는 냉정하고 냉소적인 쾌락주의가 가득 들어찬 정신 상태를 의미한다.[142] 황폐함은 사람들이 보고, 만들고, 소비하고, 이야기하는 것들이 가지는 파렴치한 특징과 그것들이 자극하는 파렴치한 무관심을 동시에 의미한다. 이것은 우리 주변에서 일어나는 모든 일이기도 하고, 또한 죽어가는 이 세상에 대한 우리들의 무기력함이기도 하다.

이것은 완성된 상태가 아니라 다양한 면을 지니고 끝없이 이어지는 과정이다. 우리는 세상의 종말을 예고하는 것이 아니다지구와 자연은 사회보다는 훨씬 견고하다. 더러운 것과는 반대로 양보다는 질적인 방식으로 이루어졌다고 생각했던 우리 인간 세계의 황폐화를 확인하려는 것이다.

마르크스와 니체는 19세기부터 각각 자신의 방식대로 이 과정을 바라보았다. 마르크스는 『공산당 선언』에서 자본주의는 모든 인간관계를 '이기주의적인 계산으로 얼어붙은 물' 밑으로 빠뜨릴 것이라고 말했다. 『차라투스트라는 이렇게 말했다』에서 니체는 "사막은 점점 넓어진다"고 말했다. 최근에는 『호소*Appel*』의 저자들의 말처럼, 사막은 이제 더 이상 넓어질 수 없다. 이미 전체가 사막으로 변했기 때문이다. 하지만 사막이 더 깊어질 수는 있다. 우리 자신이 활동하는 세력으로서 재구성되기 위해서는 우리의 분열을 극복하는 능력에 모든 것이 좌우될 것이다.

자본주의 확장의 결과로 생긴 황폐화는 일상생활에서 사용하는 말에 가장 잘 나타난다. 공정하고 올바른 사회는 개인의 다양성을 존중하면서 개개인의 위치를 인정해야 한다고 생각하던 때가 있었다. 하지만 앞으로는 '적응해야' 하고, 생활비를 '벌어야' 하고, '자신을 팔아야' 하고, 자신의 감정을 '조절해야' 한다. 그리고 '젊음이라는 자산'과 '건강이라는 자산'은 말할 것도 없고, '인간관계를 관리'하는 것을 배워야 한다. 독일인들은 심지어 '나-주식회사Ich-AG'라는 말을 한다. 주식회사를 모델로 한 개인 정체성 개념은 인간 생활의 모든 것을 대기업에서 쓰는 말로 전환하는 가장 극단적인 방식을 보여준다. 이런 현상은 세상의 황폐화를 보여줄 뿐만 아니라 황폐해지는 세상을 반대하는 데 필요한 상상의 세계를 막아버리기까지 한다. 그리고 상상의 세계가 막힌 상태에서는 유행하는 담론에 의지하는 습관이 들게 된다. 유행하는 담론에 의하면 진실한 것은 지금 존재하지 않고결코 존재한 적도 없었고, 인공적인 것은 의미가 없고, 좀 덜 꾸며진 세상을 건설하기를 원하는 것은 환상을 좇는 것이다.

광고는 황폐함을 전달하는 매체인 동시에 진열창이다. 광고는 지구상의 환경 파괴, 인간관계의 악화, 상상의 세계의 파괴, 그리고 엄청난 소음에 기여한다. 그리고 광고가 가져온 낭비, 광고가 증명한 바보짓, 광고가 보여준 추악함, 광고가 전파한 냉소주의로 이러한 비극을 완벽하게 재현한다. 가장 극단적인 예는 창의성을 발휘해야 할 마케팅 학교에서 젊은 학생들이 나이가 어린 후배들의 군기를 잡도록 훈련받는 것이다.

우리가 종말론처럼 일방적인 어조를 사용한다고 비난하는 사람들이 있을지 모르겠다. 그러나 의사가 건강한 사람의 집에도 왕진을 갈 수 있지 않을까? 물론 아직 세상은 완전히 비인간적이고, 추악하고, 도저히 살 수 없을 정도는 아니다. 문제는 세상의 종말까지 누구에게, 얼마나 시간이 남아 있느냐이다. 갈수록 상황이 나빠지고 있기 때문이다. 매일 불길한 일이 생기고, 사막은 마지막 오아시스들을 집어 삼키고 있다. 가장 걱정스러운 것은 다음의 두 가지이다. 하나는 이 문제를 의식하고 있는 사람들 대부분이 점점 사막화되어 가는 것을 어떻게 하지 못한다는 무력감에 사로잡혀 있다는 것이고, 또 한 가지는 발전을 무분별하게 성장의 척도로 보면서 행복에 넘쳐서 '발전' 이라는 말을 거리낌 없이 사용하는 엘리트들의 열정이다.

경제 이론가의 성장 이데올로기

역사적으로 보면, 모든 사회가 매번 어려운 선택과 난관에 맞닥뜨렸었지만 현대의 우리는 아주 특수한 상황에 놓여 있다. 울리히 벡이 생각한 대로, 현재 우리가 가진 문제들은 다른 사회나 적대적인 환경이 만들어낸, 외부에서 비롯된 문제가 아니다. 우리의 문제는 내적인 문제이고, 시스템에 관한 문제인데, 여기에는 자연에 대한 이해가 부족해서 발생한 예상 밖의 '자연 재해들'도 포함된다기상이변을 언급할 것까지도 없지만, 예를 들면 반복적인 수해는 토양의 악화와 연관되어 있다. 현대 사회가 봉착한 것은 이런 문제들 자체의 불합리성이다. 이런 문제들은 자체적으로 생겨나고 움직인 결과이기 때문이다. 이 위험은 기술 발전으로 산업적 기계 설비가 늘면서 생긴 결과물이다. 또한 이 위험은 우리가 계속해서 발전을 추구하고 있기 때문에 체계적으로 확대된다.[143]

적은 외부에 있는 것이 아니고 우리 안에 있다. 그래서 우리 삶과 사고방식을 구성하는 특정한 교리에 의문을 제기한다. 2세기 전부터 종교를 대신해 서양을 지배하고 있는 '발전'이라는 교리에서부터 문제 제기를 시작해야 한다. 왜냐하면 우리의 엘리트들이 말하는 바로 그 '발전'이 문제이기 때문이다. 전통 사회에서는 물자의 부족으로 위협을 받았다. 따라서 더 많이 생산하는 것은 의미 있는 일이었다. 그런데 우리는 지금 과소비를 조장하는 일회용 물자의 영향으로 위협을 받고 있다. 아무리 광고 캠페인을 해도 우리가 억지로 삼키지도 못할 과잉 생산된 상품을 부숴버려야 할 정도로 우리는 지나치게 생산하고 있다. 경제 엔진이 과도하게 회전하면서 우리는 엔진을 통제할 능력을 잃어버렸다.

갈수록 살기 힘들어지는 것은 자본주의 경제 때문이다. 자본주의 체제는 원래의 '경제économie'라는 용어와 상관없게 되었다. 경제는 공동생활의 터전으로 인식되던 가내의 자원들을 현명하게 운영하는 것을 의미했다. 하지만 현대 경제는 오히려 모든 인적자원, 천연자원을 약탈하고 훼손하는 데에 중심을 둔다. 함께 살아가는 데 필요한 것을 충족시키는 문제가 아니라 추상적인 부富 그 자체를 축적하는 것이 문제가 되어버렸다. 그 결과 경제는 독자적으로 움직이게 되었다. 부는 인간 삶의 요건을 고려하지 않고 끝없는 확장만을 목표로 할 뿐이다.

이런 발전방식의 비합리적인 특성은 성장을 어떻게 측정하는지 연구할 때 명확히 드러난다. 국내 총생산은 상업 활동이나 이것과 유사한 활동을 통해 생산된 모든 부가가치를 합산한다. 그리고 총계가 증가할

때마다 생산 수준이 향상된 것이라고 설명한다. 경제학자들은 과학적인 객관성을 고려해서 사회적인 효용이나 심지어 이런 활동의 실질적인 해악에 대해서 판단하는 것을 거부한다.[144] 화폐의 흐름을 자극하는 모든 생산품발암성 살충제나 대인 지뢰은 '국가의 부'에 무엇인가를 보탠다. 그러나 대체되지 않고, 사라진 것을 빼지도 않는다. 또 부를 창출하는 과정에서 발생한 공해들은 전혀 고려하지 않는다. 공해가 경제 성장의 원천이 되어서 가치를 창출하는 보상 활동으로 이어지지 않는다면 말이다.

예를 들자면, 자전거를 타는 사람은 국내 총생산에 거의 영향을 미치지 않는다. 왜냐하면 그는 상행위에 참여하는 것이 아니기 때문이다일 년에 몇 번 자전거를 수선하는 정도. 반대로 자동차를 운전하는 사람은 소비를 하고, 공해를 일으키고소음, 대기 오염, 스트레스……, 새로운 지출이중으로 된 창, 냉방, 대기오염에 의한 노인과 아이들의 치료……을 유발해서 '국부 창출'에 훨씬 더 적극적으로 참여하게 된다. 좀 더 과장해서 이야기하자면, 과속하다가 자전거를 탄 사람을 자주 들이받는 운전자는 우리 삶의 수준 향상에 더 많이 기여과속으로 인한 기름의 과소비, 중상을 입은 사람에 대한 치료비……하는 셈이 된다.

부의 양적인 개념에 집착하고, 화폐가치의 경이로운 총계를 보고 좋아하는 국가의 회계 전문가는 현대의 많은 사람이 불평하는 삶의 질의 악화에는 관심도 없다. 미국 연구원들은 국내 총생산의 과도한 단순화를 비판하면서 '사회 건강 지수'를 고안해냈다. 이 지표는 사회적 불평등, 유아 사망률, 유아 빈곤, 자살률과 치사율, 노인 빈곤과 같은 다른 변수를 포함하고 있다. 1995년 미국 하원에 제출한 보고서에서 연구원들은 국내 총생산과 사회 건강 지수를 하나의 표에 표시했다. 얼마 동안 평행선을 유지하던 두 곡선이 1970년대 중반부터 갈라지기 시작했다. 국내 총생산은 계속 상승하는데 반대로 사회 건강 지수는 갑자기 떨어졌다. 장 가드레가 지적한 대로 사회 건강 지수를 연구하는 것이 '행복 총생산의 객관적인 측정'[145]을 하기 위한 것은 물론 아니다. 이 연구는 환경의 변수를 포함시키지 않고도 성장의 대가가 어떤 것인지를 보여준다. 일정한 시기에 이르면 삶의 질을 희생시켜야 생활 수준이 향상되는 것이다.

그것은 절대 우연이 아니다. 삶의 수준이 올라가면 삶의 질이 떨어지고, 소비자중심주의가 전면에 나서고, 삶이 황폐해지는 현상들은 그 지점에서부터 후퇴하는 악순환 속에서 커가고 있다. 성장을 평가하는 방법이 확실히 불합리하다는 점은 실제로 심오한 진리를 보여준다. 말하자면 공해를 보상하는 것은 '경제 견인차의 역동적인 역할'[146]을 하는 것이다. 경제학자들이 보기에 미래의 위험은 자본이 재생산되는 데 필요한 필수품의 마르지 않는 샘이 되면서 오히려 긍정적인 가치를 지니게 된다.

예를 들면 생산성을 끊임없이 더욱 향상시키기 위해서 생산제일주의 농업은 화학비료를 다량으로 사용한다. 결국 비료 때문에 땅은 척박해지고, 더욱 많은 비료를 사용해야만 제 기능을 할 수 있게 된다. 농업 생산 요소(재화 생산에 투입되는 요소—옮긴이)와 관련된 산업이 피해를 불러오는 덕분에 이 산업은 번창하게 된다.[147] 다른 산업들 역시 수자원을 방출해

악순환에 일조를 한다. 특히 지하수의 오염을 벌충하는 광천수 산업이 그렇다수돗물이 오염될수록 광천수를 더 많이 산다.

산업 시스템은 무한한 역동성을 토대로 확장된다. 그것은 각 산업의 확장이 손실을 가져오고, 허울뿐인 복구를 하면서 그 손실을 보상하는 과정 때문에 가능하다. 산업 시스템은 이미 있는 것을 황폐하게 하고, 그래서 생긴 빈 공간을 파괴된 것을 대체하는 상업 대용품으로 채운다. 물론 이것이 고의적인 음모로 비롯된 것은 아니다. 이것은 어디에서나 쉽게 볼 수 있는 시스템의 결과이다. 또한 아주 특별한 부의 한 형태가 발전해가는 당연한 결말이다.

자본주의와 함께 부는 더욱더 불안정해지고 파악하기 어려운 것이 되었다. 부가 동산, 기계, 그리고 부동산으로 나타날 때에도 창출된 부는 저절로 늘어나는, 지칠 줄 모르는 움직임에 휩싸이고 만다. 이것은 모든 것을 장악할 수 있으며, 심지어 사람과 자연까지도 장악할 수 있다. 그러나 이런 추상적인 논리가 제일 먼저 공격한 것은 바로 인간 세상우리 삶의 환경을 구성하고 있는 사물들과 결과물이다.

우리는 기업들이 오래 쓰지 못할 질 나쁜 제품을 생산하는 이유를 알면서도 정기적으로 그 제품을 구입한다. 기업들은 사람들이 지금 쓰고 있는 제품을 신속하게 구식으로 만들기 위해 여러 가지 전략을 사용한다. 광고는 여러 가지 전략 가운데 하나일 뿐이고, 가장 정직하지 않은 방식도 아니다. 예를 들면 기업은 보증 기간이 만료되면 곧 제품 구성 성분이 못쓰게 되도록 몇몇 성분특히 전자제품 부품의 수명을 교묘하게 조작해놓는다. 의도적으로 고객이 물건을 고쳐서 사용하지 못하도록 만들기 때문에 아예 새것으로 바꾸는 것을 당연하게 느끼도록 만드는 것이다.

사물의 세계가 이렇듯 점점 더 빨라지는 소비의 순환에 따르는 것은 부자연스러운 일이다. 생물체인 사람이 살아가기 위해서 양식을 소비하는 것은 자연스러운 소비의 순환이라고 할 수 있다. 양식은 인간이 파괴된 형태쓰레기로 환경에 되돌려주고, 계속 재생산해야 하는 것이다. 반면에 산업이 발달하기 전, 적어도 평화로웠던 시기에는 사물의 세계가 일반적으로 생산-파괴-재생의 순환에서 벗어나 있었다. 일상생활의 도구들, 책상, 침대, 다른 가구, 집 역시 직접 손으로 만들었고, 현대의 공산품과 비교하여 대체로 안전하고 견고했다.

우리는 부가 지속적으로 세습되는 세상은 화폐의 유통과 추상적인 재산의 축적에 우호적이지 않다는 것을 잘 알고 있다. 하지만 경제 성장은 인간 세상이 더 불안정하고, 소멸하기 쉽게 되기를 늘 요구한다. 그리고 오늘날 경제 성장은 유전자 변형 식품과 함께 새로 만들고 버리는 대량생산 제품의 모델에 자연을 끼워 맞추도록 우리 사회를 부추기고 있다.[148] 그런 면에서 현대의 국가 회계 입안자가 화폐 재산의 유입만을 측정하기로 선택한 것은 결코 우연이 아니다. 회계 입안자가 가지고 있는 '부'에 대한 개념은 당연히 제한적이고, 무엇보다 세습 재산에 제한되지 않고, 지나치게 양적인 개념이다. 사실 부는 역동적인 순환이 중요한 현대 경제의 논리와 일치한다. 추상적인 부를 만들어내기 위해서 자본주의는 구체적 재산을 소비할 수 있게 하고, 그 결과 소멸하기 쉬운 것

으로 만드는 데 성공해야 한다.[149]

경제 성장은 모든 사람에게 풍요로움을 약속한다. 그러나 사실 이 풍요로움은 쉽게 사라지는 부유함보다는 현실적인 공해와 불평등을 훨씬 더 가깝게 느끼게 한다. 또한 어떤 대가를 치르더라도 반드시 성장해야 한다. 좌파이건 우파이건 모든 사람이 이런 선입견을 가지고 있다. 그리하여 하나의 이데올로기가 되다시피 했다. 이것은 우리 사회 지도층의 주된 생각이다. 끊임없이 깊어지는 '계층 간의 사회적 단절'을 우려하며, 요하네스버그회의(2002년 9월, 제3차 지구정상회담 총회의 개막식 연설—옮긴이)에서 "집에 불이 났는데(긴박한 상황을 의미하는 프랑스어 표현—옮긴이) 우리는 엉뚱한 곳을 바라보고 있다!"고 외친 시락 대통령도 실은 자원의 유한성을 염두에 두지 않고, 끝없는 성장에 대한 집념을 가지고 있는 것에는 변함이 없다. 심지어 소비자중심주의의 추종자들도 현대 경제 체제의 불합리성을 잘 알고 있지만 만사를 제쳐놓고 성장의 찬가를 목이 터져라 부르고 있다.

소비자중심주의 환상에 대한 비판

소비자중심주의라는 용어의 사전적 의미는, 우리가 이 책에서 비판하는 산업 기업들에 대항해서 자신들의 권리와 이익을 보호하려는 소비자 집단을 말하는 것이다. 그래서 우리가 소비자중심주의를 비판하는 것을 듣고 놀라는 사람들도 있을 것이다. 미국에서는 소비자중심주의를 컨섬셔니즘consumptionism, 소비의 광적인 현상과 구별하고, 기업이 소비자들을 실험용 쥐로 취급하는 방식을 비판하는 사람들을 가리키는 말로 사용한다. 그 방면의 상징적인 인물로 랠프 네이더를 들 수 있다. 그는 거대 자본 기업가들에 대항해서 싸우는 변호사로서 숱한 압력과 위협을 받았다.

그러나 현재 프랑스에서 소비자중심주의란 용어는 일반적으로 미국의 산업 엘리트들이 주민들을 조용히 묶어두기 위해서 전파하기를 원했던 컨섬셔니즘을 비난할 때 사용된다. 우리는 이 용어에 익숙해져 있다. 우리는 과소비에 기초를 둔 삶의 방식인 소비자중심주의를 비판하는 동시에 '소비자운동 단체 내에서 형성되는 정치적인 환상'들을 비판하는 것이다.

첫 번째로 소비자중심주의자들은 산업 시스템이 '정상 궤도를 벗어난 것'을 고발하고, '특별히 양심이 없는' 기업가들과 관련된 '우발적인 악의'가 문제임을 전제로 한다. 그런데 앞으로는 군인들의 전쟁이든, 경제 전쟁이든, 깨끗한 전쟁은 결코 없을 것이다. 우발적인 악의가 만연하는 것으로 볼 때 산업적 '과오유독성 제품, 미성년 고용'를 양산하지 않고서는 수익성이라는 절대적인 필요성을 따라갈 수 없게 되었기 때문에 산업적 과오가 시스템의 불가피한 결과로 나타나는 것이다. 이런 악습을 고치려는 가상한 의지는 사실 문제의 근원을 모르는 데서 나오기도 하고, 무기력한 합의에서 너무 많이 벗어나고 싶지 않은 사람들이 극단주의와 함께 근본주의에 동화된 데에도 원인이 있다.

두 번째로 소비자중심주의자들은 인간을 '지갑을 가지고 있는 만족할 줄 모르는 위장胃臟'으로 간주해버렸기 때문에 자신들의 주장을 광고 시스템의 언어로 표현한다. 프랑스에서 그들이 낸 최초의 신문 중의 하나에 붙은 부제 "나는 소비한다, 고로 나는 존재한다Je dépense donc je suis"[150]가 익살스럽게 그것을 말해준다(데카르트의 유명한 명제 "나는 생각한다 고로 나는 존재한다Je pense donc je suis"에서 penser '생각하다'와 dépenser '소비하다'의 발음의 유사성에서 착안한 표현—옮긴이). 그들의 좌우명은 소비자의 권리, 소비자의 이익과 함께 '소비자를 보호하라'는 것이다. 그러나 소비자의 이익이 개인적일 수밖에 없기 때문에 최악의 기업가들은 소비자의 이익에 호소하면서 아주 드물게 나타나는 반격에 저항한다. 그래서 무기를 자유롭게 판매하는 문제를 비판하면 무기 판매업자들은 '소비자의 자유' 를 옹호한다. 매춘 관광의 경우도 마찬가지이다. 이것을 지지하는 사람은 조심스럽게 다음과 같이 말한다.

"유아 매춘은 몇몇 나라에서는 '전통' 이고, 매춘으로 외화를 벌어들여서 그 나라의 '발전' 에 기여하는데 왜 서양인의 '소비의 자유' 를 제한하는가?"

여기서 우리의 관점을 말하자면, 우리는 소비자이기 전에 인간이라는 것이다. 모든 것을 '소비' 라는 용어로 검토하는 이 권리를 보호할 것이 아니라, 기업인들이 우리에게 부여한 운명에서 벗어나는 것이 더 시급한 문제이다. 우리는 방목되었다가 털을 깎이고, 그리고 마침내 더 이상 얻을 것이 없어지면 도살당하는 양의 신세이다. 소비자중심주의자들은 이상적인 해방자 역할을 포기했다. 어떤 면에서 보면 그들은 양을 기르고, 사료를 먹여서 살찌우고, 도살하는 조건을 협상하기를 원하는 자들이다.

세 번째로 소비자중심주의는 백신에 비유할 수 있다.[151] 사람들은 면역이 생기게 하고, 시스템을 강화시키는 데 도움이 되는 일부분의 비판만을 끊임없이 반복해서 가르친다. 그 결과 기업가가 무해한 비판을 적극 장려하는 것을 우리는 어렵지 않게 보게 된다. 그래서 대중에게 일정 수준의 소비를 강요해야 한다고 주장하는 미국의 기업가 에드워드

필린은 소비자 보호 운동 단체를 설립했다. 우리는 독이 든 기업의 케이크를 봉급생활자인 소비자에게 약속하는 것을 목표로 하는 소비자운동가들이 있다는 것을 알고 있다. 우리는 그런 소비자운동가가 투쟁하는 방향으로 우리의 운동 방향을 바꾸자는 비현실적인 이념 투쟁에 말려들어서는 안 된다.[152]

사실 소비자중심주의는 '소비자-운동가', '가격표에 붙은 윤리', '공평한 교역', '윤리적인 광고' 등 어떤 형태로 나타나든지 '누추한 것을 가리는 것' 일 뿐이다. 물론 이런 운동들이 제기한 극단적인 문제에 대한 자각 쪽으로 지표를 설정할 수 있다는 점에서 전혀 필요 없는 것은 아니다. 그러나 이런 운동들이 실현 가능하고 용인될 수 있는 과소비 사회의 허상을 키운다면 '지속적인 발전' 이라는 개념과 똑같이 이런 운동들은 해로운 것이 확실하다. 이 과정이 더 이상 파괴적이지는 않을 것이라고 믿으면서 항상 성장하는 것이 중요하다. 기업가의 압도적인 지지를 받는 소비자중심주의의 이념은 '친환경적' 이미지를 지니면서 기업가가 이제까지 해왔던 대로 할 수 있도록 허용한다.

마지막으로 소비자중심주의의 환상은 환경 문제들을 '생산' 의 관점에서만 고려한다는 점이다. 그래서 산업이 공해 물질을 덜 배출할 수 있는 과학 기술적 혁신을 내세우도록 오도한다. 사람들은 이런 생각이 확실히 당연하다고 생각하지만, 알고 보면 위험하고 허망한 것이다. 왜냐하면 이런 생각 때문에 모든 문제를 전문가에게 위임하게 되고, 그래서 사람들은 더욱더 자신의 삶의 조건들을 스스로 관리할 수 없게 되기 때문이다. 게다가 몇몇 산업이 오염을 감소시켰다고 하더라도 사실 오염시킬 권리가 흥정의 대상이 되고, 국가 경쟁력을 해치지 않기 위해서 법 규정은 법망을 빠져나가도록 허용된다 우리가 산업 분야에서 발생하는 오염의 전반적인 증가를 막을 수는 없을 것이다. 자칭 '친환경 자동차'의 경우도 마찬가지이다. 공해 물질을 덜 배출하지만 이 차는 양심을 속이면서 계속 대기를 오염시킨다. 황폐화를 지속시키는 속임수를 피하려면 '삶의 방식'의 관점에서 환경 문제를 제기해야 한다. 소비자중심주의와 그것에 에너지를 공급하고 있는 광고를 공격하기 시작해야 한다. 그리고 여기서 다시 한 번 그토록 오염성이 강한 이 광고에 '사탕발림을 한 친환경'을 넣어봐야 소용이 없을 것이다.

우리 삶의 방식이 협상의 대상인가?

광고업자는 광고의 확산을 주도하는 팽창의 선봉 부대임을 자랑으로 생각한다. 프랑스 광고 회사인 퓌블리시스의 사장은 '경제 부양을 위해서 욕망을 창출하는 것' 이 경제 성장에 공헌을 한 것이라고 말했다. 그러나 초과 노동 없이는 과소비도 없기 때문에 퓌블리시스의 사장은 다음과 같이 덧붙였다.

"우리는 많은 난관에 부딪쳐 힘들어하게 될 것이다. 우리는 경쟁 상대보다 노동 시간이 짧고, 노동 비용은 더 비싸고, 세금은 더 많이 내야 한다." [153]

광고의 선봉 부대인 프랑스 최고의 광고 회사인 퓌블리시스에 의하면, 가장 이상적인 노동자는 사회보장제도 없이 하루 종일 일하는 사람들이고, 그들의 욕구를 부추기는 것은 광고이다. 이 말은 우리의 지도

층이 지닌 전형적인 맹목성을 보여준다. 그들이 보기에 뿌리 뽑아야 할 악은 바로 불황으로부터 탈출하기 위한 적극적인 정책을 완화하는 것이다.

광고가 모든 문제의 근원은 아니지만 산업의 생산제일주의의 중요한 문제에 비하면 광고의 문제가 부차적이라고 해서 광고가 맡고 있는 가장 치명적인 역할을 잊어서는 안 된다. 광고가 맡고 있는 치명적인 역할이란 광고의 발전을 유지하게 하는 삶의 방식을 전파하는 것이다. 소비자중심주의와 생산제일주의는 동전의 양면과 같다. 자본주의와 세상을 황폐하게 하는 자본주의의 성장의 관계와 같다. 좋든 싫든 정도의 차이가 있을 뿐 우리 모두는 소비자중심주의자이다. 그러니까 이 편안한 삶의 방식이 근본적으로 불합리하다는 것을 빨리 이해해야 한다. 이것은 '생존방식'이 아니다. 왜냐하면 미래의 모든 생존방식의 가능한 조건을 뒤엎기 때문이다. 이것은 삶의 방식이 아닌 거의 모든 생명을 전멸시키는 방식이다. 다시 말해서 집단 자살로 이끄는 치명적인 삶의 방식이다. 우리의 삶의 방식으로 인해서 세상이 죽어가고 있다는 이 위험천만한 역설을 우리는 다시 한 번 강조하고자 한다.

이러한 문제점은 모두가 의식하고 있다. 1990년 초, 지구정상회담 때 아버지 부시는 다음과 같이 선언했다.

"우리의 삶의 수준은 협상의 대상이 아니다."

아버지 부시의 말은 두 가지 사실을 보여준다. 첫째, 이 문제는 삶의 수준의 관점에서 제기되었다. 둘째, 우리는 모든 것을 협상할 수 있

지만, 여기서 악의 근원은 제외된다. 이 삶의 수준은 물론 현재 수준의 소비자중심주의 삶의 방식을 특징짓는 삶의 수준이다. 사실 광고업자들은 부시와 같거나 더 심한 말만 할 뿐이다. 부시는 그것을 솔직하게 인정한 반면 광고업자는 문제의 근본을 감출 뿐만 아니라 소비자중심주의에 빠지도록 우리를 유혹하기도 한다. 결국 광고업자들, 기업가들, 그리고 소비자중심주의자는 모두 부시의 말에 동의한다. 다시 말해서 우리의 소비 수준을 줄이고, 삶의 방식을 바꾸는 것은 생각할 수도 없는 일이다.

부시는 우리 사회의 맹목적인 견해를 밝혔을 뿐이다. 우리는 이 삶의 방식이 세상을 황폐하게 하는 것이고, 그래서 이것은 '협상의 대상이 아니며', 그러므로 한시바삐 이 삶의 방식에서 벗어나야 한다는 것을 알고 있다. 그러나 사실 과격하고 강요된 결론을 이끌어내는 것은 거부한다. 이 결정적인 문제에 대해서 사람들은 위선적인 태도를 취한다. 우리는 과소비하고, 우리의 눈을 가리는 광고를 허용하면서도 아버지 부시가 주장한 맹목적인 태도를 비난한다. 자동차를 운전하고, 우리 삶의 방식의 근본이기까지 한 에너지 없이 지낼 수 있는 방법을 깊이 고민하지는 않지만 석유 자원의 지배를 위해서 아들 부시가 시작한 전쟁에는 반대한다. 소비자로서의 우리 이익을 옹호한 사람을 격렬하게 비난하면서 우리는 모든 책임을 회피한다. 사실 우리는 이렇게 말하기를 더 좋아한다.

"우리가 죽은 뒤에 무슨 일이 일어나든 우리와는 아무 상관없다."

마지막으로 예상되는 세 종류의 케케묵은 비판에 관해서 논의해보기로 하자.

첫 번째로 고용 문제를 두고 협박하기이다. 일반적으로 경제 성장이 고용을 창출한다는 확신 때문에 경제 성장에 대한 비판은 모두 사라졌다. 사실 경제 성장은 생산성의 향상을 통해서 만들어내는 만큼 파괴한다. 그리고 특히 새로 창출된 고용이 사라져가고 있는 고용보다 더 유용하고 덜 해롭다는 보장은 없다. 단기간에 절대적으로 고용을 창출해야 한다는 구실로 미래의 삶의 조건을 희생시키는 것이 과연 합리적일까? 폭약을 이용한 대량 파괴 무기의 뇌관을 제거하는 방법을 생각해내라고 격려하지는 못할망정 고용을 빌미로 협박하는 것은 모든 것을 한꺼번에 포기하겠다는 자백은 아닐까?

두 번째로 비판을 정신의학적으로 해석하기이다. 그들이 보기에 우리가 '비관론자' 이거나 심지어는 '머리가 돌았' 거나 아니면 '미래에 대한 불합리한 두려움' 때문에 비판을 한다는 것이다. 이렇게 기질의 문제로 결론을 내리면 우리 역시 토론을 거부할 수밖에 없다. 조금도 걱정할 것이 없다는 것을 보여주는 것은 쉬운 일이 아닐 것이기 때문이다. 광고장이는 특히 '모든 사람은 잘생겼다'[154]는 광고 담론의 원칙만을 순종적으로 되풀이하게 하는 이성을 잃은 상태를 우리에게 보여준다. 오늘날에는 누구나 식견을 갖추고 현실적이어야 한다. 낙관주의나 비관주의는 사전에 인정되어야 할 문제에 대해서 행동해야 할 방식일 뿐이다. 무지 혹은 악의적인 의도로 이 문제의 존재를 부인하고 아무 일 없는 것처럼 행동하는 사람은 '낙관주의자' 가 아니다. 그는 분별이 없거나 책임을 회피하는 사람이다. 그리고 이 문제를 걱정하는 사람은 비관주의자가 아니다. 그는 눈을 크게 뜨고 책임을 지는 사람이다. 적어도 아버지 부시 대통령은 문제를 고려하지는 않겠다고 했지만 위기와 불황으로부터 탈출하기 위한 적극적인 정책에 휩쓸려가기 좋아하는 자유방임 정책의 추종자로서 문제가 있다는 것은 인정한다.

세 번째로 원시주의라는 비난이다. 경제 성장과 경제 성장이 가져다준 가짜 진보를 비난하는 사람은 '좋은 원시 상태'에 대한 신화를 간직하고, 반계몽주의를 옹호하고, 현대화가 가져온 개인의 자유를 경시하는 사람이 되어버린다. 사실 맹목적으로 발전만을 표방하는 사고방식은 전통주의 교리와 같은 잘못을 반복하게 할 뿐이다. 전통주의 교리가 옛날에 있었던 것은 좋은 것이라는 명제에 기초를 두고 있다면, 발전만을 표방하는 맹목적인 상태는 좋은 것과 새로운 것 사이에 동질성이 있다고 가정한다. 이런 관점에서, 우리는 지금 문제로 삼고 있는 전통과 혁신이 지니고 있는 긍정성과 부정성은 어떤 것인지 경우에 따라 판단하고, 평가하는 것을 유보한다. 우리는 기계를 연상할 수 있는 현대적인 모든 것을 해방자라고 생각하기에 이르렀다. 물론 전체를 거부하는 것이 아니라 궁극적으로 이용을 제한하거나 심지어 거부하기 위해서 사용한 (환경적, 사회적, 문화적) 결과에 따라서 진정한 효용성이 평가되어야 한다. 현대성에 의해서 가능해진 자유라는 개념에 대해서 정확하게 표현한 크리스토퍼 라슈의 말은 많은 것을 생각하게 한다.

"사생활을 파괴하는 대중시장의 발전은 비판 정신을 억누르고, 개인들을 소비에 의존하게 한다. 소비가 개인의 필요를 충족시키는 것이라고 생각하지만 사실은 상상과 지성을 억누르는 예전의 제한이 없어지면서 기대할 수 있었던 해방의 가능성을 말살해버린다. 그 결과 이런 제한에 붙잡힌 자유는 실제로는 어느 정도 유사한 상품 중에서 고를 수 있는 유일한 자유를 의미하게 된다."[155]

광고가 이 시대의 많은 사람들에게 불러일으킨 혐오감에 상응하는 반응을 광고가 자극할 때가 되었다. 광고는 그 자체로 혐오스럽다. 광고는 정보를 준다고 자처하기도 하고, 때로는 정보로 인정받기도 하는 산업 선전이다. 광고는 불순한 쾌락주의, 상품의 외양을 띤 자아도취, 냉정한 무관심, '오샹(Auxchamps, '들판에서'를 의미하는데, 프랑스에 Auchan(오샹)이라는 거대 하이퍼마켓이 있음—옮긴이)'에서의 진정한 삶에 대한 행복한 향수鄕愁 뒤에 남은 과거에 대한 경멸을 광고가 조장하기 때문에 혐오스럽다. 특히 자연과 사회를 파괴하는 근원인 소비자중심주의와 생산제일주의의 강력한 동력이기 때문에 혐오스럽다. 그리고 명백하게 보이는 세상의 황폐화를 감추는 역할을 담당한다는 점에서 더욱더 혐오스럽다.

이런 아주 특별한 유해함에 사람들이 관심을 갖도록 만들려고 노력하고, 이런 확장주의에 맞서서 결사적으로 싸우는 단체들의 노력을 우리는 칭찬하지 않을 수 없다. 그러나 투쟁은 너무 일방적인 경우가 대부분이다. 법이 만들어놓은 궤도를 따라가면서 벌이는 투쟁은 항상 다시 굴러 떨어지는 돌을 굴리는 시지프의 악전고투와 닮아 있다. 광고를 부수는 사람들Casseurs de Pub 협회가 이미 제대로 파악했던 것처럼, 단순히 광고에 대한 비판에 그쳐서는 안 된다. 최초로 사회에 참여한 것에서 얻은 모든 결론을 끌어낸 후에, 광고를 부수는 사람들 협회는 현재《감소*La Décroissance*》라는 협회지를 내고 있다. 광고는 사실 우리 모두를 가두고 있어서 우리가 이럭저럭 견뎌내고 있는 삶의 구조 안에 내재해 있다. 광고는 모든 면에서 삶의 구조와 분리할 수 없다. 삶의 구조를 비판하지 않고, 성장의 덫에서 빠져나오기를 원하지 않으면서 광고를 비판하는 것은 모순이다.

광고는 우리가 힘들여 얻은 안락함이 기대고 있는 공업 생산의 완전한 독립적인 구성 요소이다. 광고는 분업, 경제의 집중, 우리 사회의 돈의 역할과 떼려야 뗄 수 없는 관계를 맺고 있다. 다시 말해서 우리는 대기업에 돈을 내고 우리 대신 우리의 삶을 책임질 권리를 맡기고 있는 셈이다. 그래서 우리는 광고 진열창을 깨뜨리는 것만으로 만족할 수 없다. 왜냐하면 대기업들이 우리의 일상생활에 영향을 미치는 이념적이고 실제적인 권력이 상품 진열창 뒤에 도사리고 있기 때문이다. 대기업들에게는 아무것도 기대해서는 안 된다. 특히 스튜어트 이웬이 강조한 것처럼, 대기업들이 그들의 상표에 아주 미미한 윤리를 덧붙이려고 하고, 그들 공장의 물결치는 함석 위에 녹색 페인트를 칠하려고 하면서 '책임지는 기업'의 이미지를 표방하여 비판을 무마하려고 하는 경우에는 더

더욱 바랄 것이 없어진다.

"대중문화는 우리들의 비판을 부정하면서 우리가 사용하는 비판의 논리로 우리에게 호소한다. 대중문화가 대기업의 문제에 대기업의 해결책을 제안하기 때문이다. 시장의 시스템이 생활방식의 조그만 틈 사이에라도 끼어드는 것에 우리가 맞서지 않는 한 사회적 변화 그 자체는 상표 선전의 결과물로 남게 될 것이다. 우리는 일상생활에 대한 초기 정책을 보았다. 이 정책은 곧 정책이 금지하는 것으로 인해 웃음거리가 되었다. 우리는 방심하지 말고, 대기업이 제시하는 발전의 모든 방식을 거부해야 한다."[156]

만약 산업 시스템이 세상을 황폐하게 한다는 사실을 안다면, 산업 시스템의 확장에 공범이 되지 않기 위해서 우리는 무엇을 할 수 있는가? 현재 우리 삶의 조건과 관련된 한계를 고려한다면 타협하지 않을 수는 없을 것이다. 그러나 우리의 삶의 조건을 우리 스스로 통제하기 위해서 어느 때보다도 절박하게 모든 방법을 동원해야 한다. 우리의 일거수일투족을 지켜보고 있는 국가 산업의 거대한 조직에 일상적으로 의존하는 상태에서 벗어나려고 노력해야 한다. 그러므로 우리는 다른 방식으로 사는 것을 배워야 한다. 예를 들면 다른 방식으로 덜 일하고, 덜 소비하면서, 더 잘 일하고, 더 잘 소비하는 방법을 배워야 한다. 가능하다면 슈퍼마켓보다는 재래시장을, 기업가보다는 수공업자를, 체인점이나 대기업보다는 중소기업을, 개성이 없는 쇼핑센터보다는 중고 의류점이나 벼룩시장을, 세계시장이 우리에게 제공한 상품보다는 자신이 직접 또는 친구와 함께 만든 제품을 선호하는 삶의 방식을 배워야 한다. 소비를 선택하고 산업 시스템의 확장을 계속 두둔하면서 산업 시스템의 남용과 광고에 분노하는 것은 가소로운 일이 아닐까?

광고 현상을 이해하고 그것에 반대한다고 주장하려면 이윤제일주의, 생산제일주의의 독재보다 더 멀리 봐야 한다. 그보다 오히려 우리 삶의 환경과 우리가 영위하는 생활방식에 관해서라면 구체적인 모든 광고 현상의 표현과 일반적으로 금전에 의한 매수와 영리화의 논리와 관계되는 모든 것을 이해하려고 노력해야 한다. 광고에 대해서 진지하게 비판하려면 대중매체와 현대 언론을 비판하지 않을 수가 없다. 현대 언론에서 사이버 공간은 거대한 광고 공간으로 점차 변해가고 있다. 게다가 광고를 비판하려면 집중적인 선전을 하기에 아주 유리한 교통망을 갖춘 도시 계획과 공간의 현대적 조직에 대해서도 비판해야 한다. 그렇게 하고 나면 광고에 대한 비판은 특정한 기반 시설infrastructure의 가치에 대해서도 깊이 생각하게 할 것이다. 사실 기반 시설의 이른바 '진보주의적' 이라는 반계몽주의의 '주류mainstream' 는 늘 판매를 자극하는 역할을 한다.

여기에서 무엇보다 일반적이면서 맹목적인 합의에 주저하지 않고 문제 제기를 하려고 한다. 예를 들면 공항, 고속도로, 고속철도TGV, 이동통신용 안테나, 그리고 특히 프랑스에 새로운 실험적 원자로를 건설하는 국제적인 프로젝트(EPR, 실내 기압을 유지하는 물로 작동하는 유럽 원자로—옮긴이), ITER(국제 핵융합 실험 원자로—옮긴이) 등이 우리가 주시하고 있는 것들이다.

각 경우마다 꼼꼼하게 이 기반 시설들이 대체하는 것에 비해서, 또 이 기반 시설들이 먼저 발을 디디지 못하게 막는 대안에 비해서 이 기반 시설들이 우리에게 어떤 혜택을 가져다줄지 깊이 생각해봐야 하지 않을까? 이 혜택이 실제로 다수가 아닌 소수에게만 돌아가지는 않는지 살펴봐야 할 필요가 있지 않을까? 지방자치단체가 엄청난 예산을 들여서 이 기반 시설들을 완성하기 위해 자원을 사용하고 주민들을 불편하게 했는데, 혹시 앞으로 사고의 위험은 없을까? 왜냐하면 기반 시설의 효과는 여전히 산업 발전의 강화와 경쟁 논리의 심화를 가져오기에 유리하기 때문이다. 반면 앞으로 들이닥칠 환경적, 인간적 재난을 피하려면 산업 발전과 경쟁 논리의 심화를 억제하고 방향을 바꾸려는 노력이 절실하게 필요하다.

이런 문제 제기는 도로 주변에 사는 사람들이 지역적으로 겪는 공해라는 명목으로만이 아니라, 전 세계적인 비판의 관점에서도 고려해야 한다. 세계적인 비판의 관점에서 보자면 '항구적으로 해로운 시스템'이 발전하기 위해서 이 기반 시설들그리고 기반 시설이 만들어내는 공해을 강요하기 때문이다. 도로 주변 주민의 요구가 그토록 빈번히 빛을 보지 못하는 것은 그들의 요구를 단번에 믿지 못하게 하는, 순전히 사적인 주장에 그들이 사로잡혀 있었기 때문이다. 그런데 그들이 집 주위에서 그 더러운 광고물들을 보기 싫어한다면 다른 사람들도 그것을 좋아할 리 없을 것이다.

이런 관점에서 광고에 대한 투쟁, 특히 2003년 가을의 지하철 광고 반대 시위를 벌일 때 취한 투쟁의 형태는 여러 가지 면에서 우리의 관심을 끈다. 광고에 대한 투쟁은 자신들의 이익만을 위해 투쟁하는 대부분의 노동조합들이 표방한 동업조합주의자들의 주장에서 벗어날 수 있게 했다. "성장은 문제가 아니라 해결책이다"라는 수완 좋은 지도층의 말을 순종적으로 되풀이하면서 '은밀한 설득'의 가장 파렴치한 설득 방식에 겉으로 불만을 드러내지는 않지만 기분이 상해 있는 중요한 제창자의 발언 속에서, 광고에 대한 투쟁은 적어도 광고에 대한 비판의 고전적인 역설에서는 벗어날 수 있었다. 경제 성장이 정말로 바람직한 목표라고 생각한다면 성장할 수 있는 방법을 제시해야 한다. 공리주의적이고, 정보를 제공한다고 스스로 주장하는 한심한 선전은 이 방법에는 속하지 않는다. 선정적이고, 기만하는 멋진 스팟광고로 세상이 훼손되는 것을 감추는 동안, 과소비로 인해 세상이 피폐해지는 것을 각오해야 한다.

이제 광고에 대한 순진한 비판이 품고 있는 환상을 주저하지 않고 비난해야 할 때이다. 현재의 갈등 상황에서 광고가 감소할 명분은 없다. 예를 들면 프랑스 학생들이 미국 학생들에게 이미 적용하는 광고 충격요법에서 벗어나게 할 방법이 없다. 프랑스 학교들은 거대 기업의 지원을 받고 싶어 하고, 점진적으로 상업적인 수혈을 받기 위해서 교육 개혁을 감행하며 지원 조건들을 갖추고 있다. 이에 몇몇 교육기관에서 몇 가지 제안을 하여 기한을 조금 늦출 수는 있을 것이다. 그러나 몇 가지 제안만으로는 문제의 본질을 바꿀 수 없다. 이러한 제안은 광고가 아주 다루기 쉬운 희생양에 집중하고, 자녀들의 장래를 근심하는 부모의 박수를 받으면서 교육이 점차 자체 기능을 축소하려는 사실을 감추는 데 일조한다. 그러니까 부모 입장에서는 아이들을 '경쟁력 있는' 피고용자와 '이성적인' 소비자가 되도록 준비시키는 것이다.

광고라는 문제는 오늘날 사회생활의 나머지 다른 면을 문제시하지 않으면서 사회생활의 특수한 면만 개선하기에는 어려움이 따른다는 사실을 냉엄하게 보여준다. 그것은 광고가 우리가 영위하는 삶과 너무나 잘 어울리기 때문이다. 광고의 감소는 명백히 상품 생산의 감소와 다른 사회적 관계의 출현에 의해서만 가능할 것이다예를 들면 자신의 땅에 광고판을 세우기 위해서 돈을 받는 것보다 이웃을 돕는 일이 더 흔히 일어나는 곳이 있다면. 광고의 감소는 알력 관계와 삶의 구조가 근본적으로 변해야만 가능할 것이다. 그리고 그렇게 되기 위해서 무차별적 광고를 제한하고, 국가가 무기력한 시민들을 보호하기 위해 시민들의 삶의 권력을 박탈하는 데 크게 기여했다고 국가에게 호소해봐야 아무 소용이 없을 것이라는 사실을 누구나 확신하고 있다. 광고가 결정적인 문제들을 제기하기 때문에 광고에 개별적으로 문제를 제기해서는 안 된다. 그리고 그런 이유로 광고는 자본주의의 일관성 있는 비판을 위한 흥미 있는 논점을 제공한다.

2003년 말, 지하철과 여러 도시의 거리에서 광고 벽보에 반대해서 조직된 시민 불복종 운동이 명확한 주장들에 대해서 만족스런 답을 얻겠다는 목표를 세우고 전개되지 않았던 것은 큰 장점이다. 이런 점에서 이 시민 불복종 운동은 확립된 질서에 대한 특징적인 반항으로 보일 수 있었다. 어떤 구호들은 (광고업자들이 상품을 칭찬하는 방식을 문제 삼지 않고) 경제 성장과 상품에 대한 숭배들을 꼭 집어서 비난했었다. 시민 불복종 운동의 장점 중의 하나는 며칠 동안 대중교통 안에서 불가항력적인 공공질서를 분쇄한 것이다. 이런 종류의 공간을 다시는 점유할 수 없을 테지만 현 상태로는 그 공간에 삶, 예상 밖의 일, 그리고 행인들 사이에 이 시위에 대해서 토론비록 언쟁의 형태였지만을 유도한 것은 누구에게도 해를 끼친 것은 아니었다. 사람들이 분노하고 있는데도 광고를 선전하는 것은 사람들을 질리게 하고 고립시킨다. 유린된 상태에서 벗어나고, 개개인이 느끼는 것이 혼자만의 느낌은 아니라는 것을 깨닫는 기회를 마련해주는 모든 것은 일반화된 무력감을 완화시켜준다.

특히 이런 시위가 자본주의를 공격하는 것은 정당방위라는 오랜 전통을 부활시키면서 이 시위는 태업, 물질적, 재정적 손해를 유발한다는 논리로 발전하게 된다. 이 논리는 상당히 흥미로운 관점을 보여준다. 몇 주 동안에 프랑스 벽보 광고업자는 수백만 유로의 손실을 보았다. 지하철역에서 벌어진 시위에 호의적인 반응이 일어나자 놀란 당국이 시위를 진압하기 위해서 재빨리 적절한 조치를 취했던 것은 우연이 아니었다. 현대에 이런 상황에서 지배 체제에 대항해서 진정으로 싸우기를 원하는 모든 사람은 태업, 물질적, 재정적 손실을 야기하는 시위를 벌여야 한다는 논리에서 벗어나기가 힘들다. 프랑스에서 2003년 봄의 파업은 질서정연하고 예상된 방식으로 자신의 불만을 표출하는 것이 얼마나 충분하지 못했는가를 잘 보여준다. 스페인과 이탈리아에서 벌어진 이라크 전쟁에 반대하는 대규모 시위가 아들 부시의 전쟁을 지지하는 스페인과 이탈리아 정부가 이라크에 군대를 파견하는 것을 막지 못했던 것에 대해서도 동일한 분석을 할 수 있다.

파업과 시위의 규모, 여론의 향방은 어떤 영향력도 더 이상 행사하지 못할 것으로 보인다. 우리가 경제의 기능을 방해하는 집단적인 세력을 만들지 못하거나 정부에 재정적 손해를 끼치지 못하면 교사들이 두 달 동안 파업하거나 '전쟁 반대!'를 외치면서 매일 행진한다 해도 아무 소용없다반대로 교사 파업의 경우는 교사들이 금전적으로 손해를 보는 만큼 국가에 재정 적자를 줄여줄 수 있다. 게다가 이런 시위는 필연적으로 그들의 주장을 관철시키기 위해서 적절한 방식을 사용할 수 없었다. 각자 자기 나라 정부들을 제한적으로 후퇴시켰을 뿐이다. 하나의 운동은 그 목표와 이상에 따라서 행동 수단을 정한다. 유전자 변형 종자를 심은 밭을 기습적으로 갈아엎어 버리면서, 유전공학에 반대하는 단체가 보여준 행동이 그 좋은 예이다.

태업이 원래의 고귀한 목표를 되찾으라고 우리의 주의를 환기시키는 그런 역사적 상황에서, 광고에 반대하는 시위자들은 대규모 볼거리를 보여주는 것을 비판하는 사람과 다시 손을 잡을 줄도 알았다. 우상파괴 운동에 찬동하며 신성을 모독하는 광고에 반대하는 행위들은 대개는 무의식적으로, 그러나 때때로 심사숙고한 후에 자본주의의 핵심인 상품에 대한 맹목적인 숭배를 비판했다. 자본주의는 국가와 군대의 도움을 받아서 외부의 사람들을 착취하는 데 만족하지 않는다. 자본주의는 종교이다. 자본주의의 주된 후원자는 오늘날 하이테크 산업의 기적에 매료된 충실한 소비자 대중에 묻힌 바로 우리들이다.

1921년, 월터 벤야민은 자본주의가 '꿈도 없고, 인정사정없는 숭배 의식'[157]이라는 것을 이미 예견했다. 이 숭배는 돈이 상품이라는 형태로 나타나는 것에 대한 종교의식이다. 이 숭배는 인정사정없고, 냉혹하고, 영원히 계속된다. 이 숭배는 꿈도 없고, 이상향도 없고, 희망도 없다. 그 무엇도 이것 밖으로 벗어나는 것을 허용하지 않으며, 오로지 자신에 대한 숭배를 강화할 뿐이다. 이것은 상품으로 이루어진 '지금 여기' 에 닫힌 세계, 다시 말해서 기억 없는 현재 속에 분할된 세계를 조작할 뿐이다. 헤르베르트 마르쿠제와 함께 이 문제를 언급하자면 '1차원적' 세계를 초월해서 1차원적 세계를 판단하고, 비판할 때 나오는 것을 허용하는 모든 이상理想이 제거된 상태에서 1차원적 세계가 문제가 된다. 1차원적 세계에 적응한 1차원적 인간은 오로지 새로운 소비로 뛰어든다. 그는 반항할 줄 모른다. 꿈이 없으면 반항도 없다.[158]

일분일초의 틈도 주지 않는 이 숭배 의식의 위대한 사제들은 물론 광고장이이다. 카틀라 성자聖者는 자신의 비관적인 저서들을 슈퍼마켓이라는 '현대의 대성당' 의 스테인드글라스로 여긴다. 자신의 '신성한', '선교 목적의', '영생불멸' 의 광고를 찬양하는 예언자인 세겔라 성자는 광고가 바로 '소비의 이교도 미사와 같은 최후의 만찬' 이라고 확언한다. 광고 시스템이 신성한 정수精髓라는 증거는 광고 시스템이 '세상을 자신의 모습대로' 만들었다는 것이라고 세겔라는 설명한다.

"광고 시스템은 우리의 어린 시절에 최면을 걸고, 우리의 청년기를 조종하고, 우리의 노년기를 바보로 만든다.[159] 어떤 희생도 이 탐욕스럽

고, 인정사정없는 우상인 광고 시스템보다 더 멋질 수는 없다."

대중의 복음주의자이며 슈퍼마켓의 목사들은 그들의 신자들을 계산대로 안내한다. 아주 현대적인 사제들은 지나치게 발달한 자본주의를 성스럽게 한다. 자본주의가 전파하는 인간의 비극에 대해서 사제들은 인간의 비극을 강화하는 것만을 약속한다. 그러니까 소비자중심주의라는 종교는 사람들의 새로운 마약이고 비참한 대용품이 되는 소비로 사람들을 위안하는 것이다. 행복감을 주는 강력한 마취제인 소비자중심주의는 헛된 만족감을 주고, 사실상 체념하게 한다. 광고업자들은 사막이 넓어지기를 기다렸다 일하는 모래 장수이다.

18세기와 19세기의 사상가는 종교에 대한 비판이 모든 비판에 선행해야 한다고 생각했다. 1966년 '학생계층의 비극에 대해서De la misère en milieu étudiant'라고 부르는 상황주의자의 팸플릿에서 무스타파 카야티는 우리가 지금 다른 어느 때보다도 더 코앞에 부딪힌 새로운 역사적 상황을 다음과 같이 설명하고 있다.

"독재적인 지배의 시대에 자본주의는 대규모 볼거리spectacle라는 새로운 종교를 만들었다."[160] (『광고의 불편한 진실』의 원제는 ***De la misère humaine en milieu publicitaire***로서, 카야티의 저서에서 따온 것을 알 수 있다—옮긴이) 광고 시스템은 치명적인 경제로부터 독립한, 삶다운 삶을 권유하는 이 깜짝 놀란 시선의 가장 명백한 매개체일 뿐이다. 그의 비판은 모든 사회 비판의 선결조건이다. '이것은 선결조건이다.' 왜냐하면 상품의 성장이 가져온 더러운 세상에 관심을 갖기 위해서 이성을 잃은 상황에서 이미 벗어나 있어야 하기 때문이다. 그러나 이것은 선결조건일 뿐이다. 왜냐하면 일단 마법이 풀리면 갈라진 틈과 황폐해진 폐허 위에서 인간 세상을 다시 일으켜 세워야 하기 때문이다.

야비한 것은 겉모습을 바꿨지만, 볼테르의 슬로건은 여전히 현대에도 적용된다.

야비한 것을 박살내라(볼테르는 칼라스 사건(1761)을 조사하고 1763년 『관용론*Traité sur la tolélance*』을 저술해서 칼라스 사건의 판결 오류를 지적한다. 볼테르는 신교도와 구교도를 함께 싸잡아서 '야비한 것 **infâme**'으로 표현했다 —옮긴이).

1900년에 1호선이 개통된 파리 지하철은 고풍스런 느낌이 든다. 1863년에 개통된 런던 지하철보다는 27년이나 개통이 늦었지만, 하루에 400만 명이 이용하는 대중의 필수 교통수단이다. 그런데 파리 지하철에서 누구도 예상하지 못한 일이 벌어졌다. 2003년 10월 17일 밤, 몇몇 파리 지하철 광고판은 페인트와 매직펜으로 더럽혀졌다. 공공장소에서의 광고에 반대하는 사람들에 의해서 기습을 당한 것이다. 그들은 광고가 '문화와 정신을 상품화' 한다고 비난했다.

그 후에도 수차례 이런 기습적인 시위가 반복해서 벌어졌고, 파리 지하철의 광고를 담당하는 메트로뷔스가 기습 시위를 고소해서 사법부가 개입하는 것을 보고 나서, 일군의 학자들은 이런 광고 반대 시위 뒤에 숨어 있는 이유를 밝혀내기 위해서 책을 저술하게 된다. 저자들은 자신의 이름을 밝히지 않았고, '현대 경제 체제에서 살아남은 사람들의 생활방식을 비판적으로 바라보는 자립적인 운동' 이라는 이름을 대신 내세웠다.

우선 광고 반대 운동을 기습 시위로 보여주는 사람들은 어떤 사람들인가? Altern.org가 폐쇄되자 1999년에 알렉시스 부로드를 중심으로 139명이 ouvaton.org라는 사이트를 만들었다. 알렉시스 부로드는 1970년생으로, 2007년에 국회의원 선거에 녹색당으로 출마하기도 했다. Altern.org라는 이름이 말해주듯, 미국이 이끌고 있는 자본주의에 대한 대안을 제시하는, 세계화에 반대하는 사람altermondialiste이 주류를 이루고 있다. ouvaton.org라는 이름도 프랑스어의 où va-t-on?우바통, 우리는 어디로 가고 있는가?을 그대로 이어서 쓴 것이다. "신자유주의에서 나온 세계화가 지구를 휩쓸고 있는 지금, 우리는 어디로 가고 있는가?" 라고 묻는 그들의 모습을 상징적으로 보여준다.

ouvaton.org 또는 ouvaton.coop도 특이한 방식으로 운영된다. 주식회사이면서 조합coopérative이기도 한 이 사이트는 2006년 12월 현재 약 4000명의 조합원이 있으며, 재정 자립을 확보하고 있다. 인터넷 서비스이메일, 토론 리스트와 웹사이트를 유료로 운영하고 있다. 인터넷에 광고는 없다. 법적으로 주식회사이지만 조합원은 지분에 관계없이 동일한 투표권을 지닌다.

미국이 세계 경제에서 차지하는 비중이 미미할 때, 유럽에서 가장 앞선 나라는 프랑스였다. 몇 가지 대표적인 예를 들어보자. (1) 에밀 드 지라르댕은 1836년 자신이 발행하는 일간지 〈라 프레스La Presse〉에 최초로 유료 광고를 삽입한다. 신문의 제작비를 절감하기 위한 조치였는

데, 발자크와 같은 유명 작가의 연재소설에 힘입어서 이 신문은 6만 3000부를 발행했는데, 당시로서는 상당한 부수였다. (2) 파리에는 세계 최초의 백화점 르 봉 마르셰Le Bon Marché가 부시코 부부에 의해서 1852년에 선보인다. 손님에게 물건을 직접 만져보고 선택하도록 해서 만족감을 주었고, 여러 종류의 물건이 한곳에 있어서 고객도 구매하기가 편했고, 상품 배치에 신경을 썼고, 점원을 줄여서 원가를 낮출 수 있었으며, 정찰제를 실시했다. 이와 같은 혁명적인 방식이 크게 성공하자, 프랭탕1865, 사마리텐느1869, 갈르리 라파예트1894 백화점도 이런 방식을 따른다. (3) 에밀 졸라가 1883년 발표한 『부인의 행복*Au Bonheur des Dames*』이라는 소설은 실존하던 백화점을 배경으로 당시의 사회상을 그대로 보여준다. 에밀 졸라의 또 다른 단편소설 「선전 광고 전단의 희생자*Une Victime de la réclame*」(1866)에서는 백화점의 선전 광고 전단이 출현한 것도 보여준다. (4) 월마트의 뒤를 이어서, 프랑스의 카르푸는 전 세계 유통업 슈퍼마켓 분야에서 2위를 고수하고 있다. 그리고 오샹, 르클레르, 카지노와 같은 프랑스 거대 유통업체가 그 뒤를 따른다.

현대에는 광고 없는 세상을 상상하기 힘들다. 그러면 왜 미국 못지않게 오랜 상업주의의 전통을 지닌 프랑스에서 이러한 광고 반대 운동이 파리 지하철에 나타난 것일까? 프랑스 혁명기에 그라쿠스 바뵈프는 공산주의의 효시라고 할 수 있는 바뵈프주의를 내세웠다. 그리고 생시몽, 퓨리에, 프루동과 같은 사회주의 이론가가 등장했다. 그리고 근대에 와서는 장 조레스나 레옹 블룸, 프랑수아 미테랑이 사회주의정책을 도입했다. 특히 레옹 블룸은 1936년 세계 최초로 연간 2주의 유급휴가제도를 채택했고, 프랑수아 미테랑은 1981년 유급휴가를 5주로 연장했다. 프랑스공산당과 긴밀한 관계를 유지한 프랑스노동총연맹CGT은 1980년대까지도 노동운동에서 막강한 힘을 발휘했다. 프랑스 좌파는 온건한 사회주의 외에도 마르크스-레닌주의, 트로스키주의, 모택동주의, 무정부주의 등으로 복잡하게 구성되어 있다. 이런 다양한 좌파의 스펙트럼에 녹색당의 환경운동과 같은 경향까지 겹친 프랑스 좌파는 영미식 자본주의를 배격한다.

그런 좌파의 영향을 받아서인지, 이번에는 파리 지하철에서의 광고 훼손 운동과 같은 예기치 못한 운동이 등장하게 된다. 이 시위에 대한 재판 과정에서도 드러난 것처럼, 시위에 참가하려다 경찰 검문에 적발되어 재판에 회부된 62명 중, 단 한 명을 제외하고는 전과 경력이 없다는 사실은, 시위 참가자들이 공공장소에서의 광고 폐해에 맞서기 위해서 순수한 마음으로 시위에 참가한 것임을 보여준다. 물론 대다수의 프랑스인은 광고 훼손 운동에 참여하지 않았다. 그러나 극히 일부가 참여했다고 하더라도, 지하철 기습 시위는 적어도 공공장소에서 광고가 끼치는 폐해에 대해서 생각해보게 하는 계기가 되었다.

에밀 졸라는 『부인의 행복』이라는 소설에서 백화점을 "고객이라는 사람들을 위한 상품 거래의 대성당cathédrale de commerce"이라고 표현했다. 12-13세기 유럽에 나타난 고딕식 대성당이 인간의 영혼을 구원하기 위해서 멋진 조각과 그림, 스테인드글라스로 장식된 거대한 공간이었다면, 19세기에 출현한 현대의 대형백화점은 상품 소비를 위한 화려하게 장식된 거대한 공간이다. 빈곤의 시대에 인간의 최대의 관심사가 영혼의 구원이었다면, 그로부터 7세기 후인 풍요의 시대의 관심사는 상품의 소비로 이동하게 된다. 그러나 착시 현상을 일으키는 것은 둘 다 마찬가지이다. 대성당에서는 스테인드글라스에서 나온 빛을 보고 천국에 간 것 같은 환상에 빠지게 되고, 백화점에서는 넘쳐나는 고급 상품을 보고 천국에 간 것 같은 기분을 갖게 한다.

이 책의 4장에서 다룬 소비자중심주의소비자운동라는 용어는 원래 소비자의 이익을 옹호하기 위한 운동을 의미했지만, 이 책에서 저자들은 이 용어를 소비 사회와 관련된 인식 체계로 사용하는데, 이 소비자중심주의는 20세기 말부터 환경 단체나 광고 반대 운동가들에게 비판을 받고 있다. 이 운동은 과소비에 중점을 두고, 생산제일주의에 기초를 두면서, 결국 세상을 황폐하게 하고, 정신과 물질을 사막화하는, 타도해야 할 존재로 여겨진다. 우리는 성장이라는 말을 메시아처럼 받든다. 낭비와 과잉 생산이 지배하는 현대 사회에서 더 많이 생산하는 것이 목적 그 자체라는 것을 알아차리게 됐을 때는 돌이킬 수 없게 된다. 그때 성장하는 것은 무엇보다도 '공해' 와 '불평등' 이다. 그래서 저자들은 광고를 이 세상을 황폐화시키는 징후로 받아들이고, 광고를 비판하려고 한다. 2003년 가을, 파리 지하철에서 광고 벽보를 훼손하는 시위를 보고서 더욱 절실히 광고의 폐해를 느끼면서, 저자들은 이 저서를 저술한 것이다. 그러나 저자들이 지적하듯이, 지금은 누구도 광고로부터 벗어날 수 없다. 우리는 저자들의 혜안을 시간이 갈수록 더욱 절실히 느끼게 될 것이다. 과잉 생산과 과소비로 인해 지구는 이미 지구온난화현상으로 심각한 몸살을 앓고 있다.

번역을 한 지 상당한 기간이 흘렀다. 각 분야의 저자들은 그들 나름대로의 많은 은유와 수사법을 동원했다. 역자는 최대한 쉽게 읽히도록 손을 보았지만, 독자들이 책을 읽어가는 가운데 이해가 되지 않는 부분이 있다면 저자들의 깊은 속마음을 우리말로 쉽게 풀어내는 역자의 능력이 부족해서일 것이다. 이런 것은 추후 보완할 수 있기를 바란다. 그리고 이 책을 출간하기까지 많은 노력을 아끼지 않은 지성사 편집위원들에게 감사의 말을 전한다.

2009년 12월

신광순

| 미주 |

| 1장 가식과 의미심장한 은유 사이에서

1 Joachim MARCUS-STEIFF, Publicité, *Encyclopaedia Universalis*, 1985, vol. XV, p. 429에서 재인용

2 François Brune의 자세한 분석, L' Antipub, un marché porteur(광고 반대, 유망한 시장), *Le Monde diplomatique*, mai 2004.

3 Radio-France가 2004년 1월 30일 주최한 Forum des marques에서 André COMTE-SPONVILLE 발표 참조. BVP 사이트에서 Ethique et publicité(윤리와 광고) 참조

4 Robert REDEKER, L' antipublicité, ou la haine de la gaieté(광고 반대 또는 즐거움에 대한 증오), *Le Monde*, 10 avril 2004.

5 다음부터는 전부 2003년 12월 4일부터 18일까지 *Stratégies*, Nos 1305, 1306 et 1307에서 인용

6 광고 주간을 맞아서 2003년 11월 26일 Bernard PETIT가 발표한 La pub de demain: du spectateur 'otage' au spectateur 'acteur?' (내일의 광고, '인질'로 잡힌 구경꾼에서 '행동 주체'로서의 구경꾼까지?) AACC의 사이트 www.aacc.fr에서

내용 참조 가능

7 Ernest Sackville TURNER, *The Shocking history of Advertising*(광고의 충격적인 역사), Londres, 1952.

8 Emile ZOLA, *Au Bonheur des Dames*(부인들의 행복), chap. 14, 「선전의 희생자 *une victime de la réclame*」(1866) 라는 제목의 에밀 졸라의 단편소설과 1890년대에 Elisée Reclus가 쓴 『인간과 대지*L'Homme et la Terre*』의 몇몇 구절도 참고하기 바람

9 *Libération*, 10 mars 2004.

10 Cornelius CASTORIADIS, *La Montée de l'insignifiance. Carrefours du labyrinthe IV* (무의미함의 증가. 미로의 사거리 IV) Le Seuil, Paris, 1996.

11 BVP 총장 Joseph Besnainou이 광고 주간을 맞아 2003년 11월 27일 발표한 Publicité et autodiscipline(광고와 자율 규제) www.aacc.fr에서 본문 참조 가능

12 Frédéric BEIGBEDER, *99 F*(99 프랑), Grasset, Paris, 2000, Dominique QUESSADA, *La Société de consommation de soi*(자신을 소비하는 사회), Verticales, Paris, 1999; 두 저자는 모두 광고업에 종사했었다. *Bonheur conforme. Essai sur la normalisation publicitaire*(표준 행복, 광고의 규범화에 관한 시론), Gallimard, Paris, 1985이라는 훌륭한 저서를 낸 François BRUNE은 HEC(경영에 관한 권위 있는 그랑제콜—옮긴이) 졸업생으로 그 분야에 전공자이다.

13 Daniel ARONSSOHN, L'économie de la séduction(유혹의 경제), *Alternatives économiques*, n° 190, mars 2001, p. 60.

14 Bernard CATHELAT, *Publicité et société*(광고와 사회), Payot, Paris, 2001, 5e éd., p. 46.

15 이 인용문과 앞에 나온 말들은 Bruno JAPY와 Arnaud GONZAGUES가 쓴 *Qui veut la peau de la pub?* (누가 광고를 죽이기를 원하나?), Mango, Paris, 2002, p. 51

에 나온 대담 기사에서 인용한 것임

16 Gérard LAGNEAU, *Le Faire-valoir*(옆 사람을 돋보이게 하는 사람), SABRI, Paris, 1969, p. 38.

17 Aldous HUXLEY, *Retour au meilleur des mondes*(세계 최고로의 귀환), Plon, Paris, 1958, p. 107.

18 AACC(커뮤니케이션 분야의 카운슬링 협회)과 UDA(광고주 협회)에서 인용

19 Bernard CATHELAT, *Publicité et société*(광고와 사회), op, cit., p. 33. 서문은 또 다른 광고장이인 Bernard BROCHAND, p. 16에서 인용

20 Danièle SCHNEIDER, *La Pub détourne l' art*(광고는 예술을 왜곡한다), Tricorne, Genève, 1999, p. 253.

21 Éric VERNETTE, *La Publicité. Théories, acteurs et méthodes*(광고. 이론, 주역 및 방법), La Documentation française, Paris, 2000, p. 10.

22 Claude BONNANGE et Chantal THOMAS, *Don Juan ou Pavlov. Essai sur la communication publicitaire*(돈 주앙 또는 파블로프. 광고 커뮤니케이션에 대한 시론), Le Seuil, Paris, 1987, p. 18-19.

23 Joachim MARCUS-STEIFF, La Publicié(광고), *Encyclopaedia Universalis, art. cit.*, p. 428.

24 Jacques LENDREVIE et Denis LINDON, *Mercator. Théorie et pratique du marketing*(상인. 마케팅의 이론과 실제), Dalloz, Paris, 1997, 5e éd., p. 472.

25 Vance PACKARD, *L' Art du gaspillage*(낭비의 예술), Calmann-Lévy, Paris, 1962, p. 20에 인용된 *Sales Management* 잡지

26 Éric VERNETTE, *La Publicité. Théories, acteurs et méthodes*(광고. 이론, 주역 및 방법), *op. cit.*, p. 13.

27 Joachim MARCUS-STEIFF, Publicité(광고), *art. cit.*, p. 429; Armand MATTELART, *L' Internationale publicitaire*(광고업자 인터내셔널), La Découverte, Paris, 1989,

p. 241, Bernard BROCHAND et Jacques LENDREVIE, *Publicitor*(광고업자), Dalloz, Paris, 1993, p. 493; Jacques SÉGUÉLA, *C'est gai, la pub!* (광고는 즐거워!), Hoëbeke, Paris, 1990, p. 40.

28 Robert GUERIN, *La Pub, c'est le viol* (광고는 강간이다), O. Perrin, Chambéry, 1961.

29 Éric VERNETTE, *La Publicité. Théories, acteurs et méthodes*(광고. 이론, 주역 및 방법), *op. cit.*, p. 155에 인용된 Jean-Louis CHANDON의 표현

30 Bernard CATHELAT, *Publicité et société*(광고와 사회), *op, cit.*, p. 132 et 166.

31 Theodore LEVITT, *L'Esprit marketing*(마케팅 정신), Éd, d'Organisation, Paris, 1972.

32 Denis LINDON, *Le Marketing*(마케팅), Nathan, Paris, 1992, p. 6.

33 Martine KAERCHER, *Les Mots clefs de la publicité et de la communication*(광고와 커뮤니케이션의 핵심어), Bréal, Montreuil, 1991, p. 54.

34 Éric VERNETTE, *La Publicité. Théories, acteurs et méthodes*(광고. 이론, 주역 및 방법), *op. cit.*, p. 11.

35 Al RIES et Jack TROUT, *Le Marketing guerrier*(전투적인 마케팅), Édiscience International, Paris, 1994; Jean-Louis SWINERS et Jean-Michel BRIET, *Warketing! Être stratège: une autre vision de la stratégie* (Warketing! 전략가가 되기: 전략의 또 다른 관점), ESF Éditeur, Paris, 1993.

36 Yves H. PHILOLEAU et Denise BARBOTEU-HAYOTTE, *Le Grand Combat. Conquérir la préférence des clients*(거대한 투쟁, 고객의 기호를 정복하기), Dunod, Paris, 1994.

37 Éric VERNETTE, *La Publicité. Théories, acteurs et méthodes*(광고. 이론, 주역 및 방법), *op. cit.*, p. 65-67에 인용된 Marie-Laure GAVARD-PERRET, Les acteurs du marché publicitaire(광고시장의 주역들).

38 Patrick LE LAY, *Les Dirigeants face au changement*(변화에 직면한 지도자들), Les Éditions du Huitième Jour, 2004.

39 Bernard BROCHAND et Jacques LENDREVIE, *Publicitor*(광고업자), *op. cit.*, p. 18.

40 M.-H. BLONDE et V. ROZIÈRE, Le secteur de la publicité en 2000(2000년의 광고업계), *Info-Média 7*, 2003.

41 Éric VERNETTE, *La Publicité. Théories, acteurs et méthodes*(광고. 이론, 주역 및 방법), *op. cit.*, p. 20; *Le Monde diplomatique,* mai 2001; *Télérama,* n° 2839, 9 juin 2004.

42 Éric VERNETTE, *La Publicité. Théories, acteurs et méthodes*(광고. 이론, 주역 및 방법), *op. cit.*, p. 20.

43 Bernard CATHELAT, *Publicité et société*(광고와 사회), *op. cit.*, p. 75.

44 Union postale universelle(만국우편연합) 자료 인용

45 이 장 전체의 수치와 인용문은 위에서 언급한 회사들의 인터넷 사이트에서 인용한 것임

46 David OGILVY, *Confessions of an Advertising Man*(어떤 광고업자의 고백), Atheneum, New York, 1963.

47 Marie-Laure GAVARD-PERRET, Les acteurs du marché publicitaire(광고시장의 주역들), *art. cit.*, p. 66.

48 Daniel CAUMONT, Budget et contrôle de l' efficacité publicitaire(예산과 광고 효율성의 통제), in Éric VERNETTE, *La Publicité. Théories, acteurs et méthodes*(광

고. 이론, 주역 및 방법), *op. cit.*, p. 170.

49 Bernard DUBOIS, *Comprendre le consommateur*(소비자를 이해하기), Dalloz, coll. Gestion, Paris, 1994, p. 62.

50 Éric VERNETTE, *La Publicité. Théories, acteurs et méthodes*(광고. 이론, 주역 및 방법), *op. cit.*, p. 22.

51 Bernard PETIT, La pub de demain: du spectateur 'otage' au spectateur 'acteur?'(내일의 광고, '인질'로 잡힌 구경꾼에서 '행동 주체'로서의 구경꾼까지?) 서문 인용

52 Éric VERNETTE, *La Publicité. Théories, acteurs et méthodes*(광고. 이론, 주역 및 방법), *op. cit.*, p. 26.

53 Naomi KLEIN, *No Logo. La tyrannie des marques*(상표 반대. 상표의 횡포), Actes Sud/Babel, Arles, 2001, p. 37 인용

54 Henri JOANNIS, *De la stratégie marketing à la création publicitaire*(마케팅 전략에서부터 광고를 만들어내기까지), Dunod, Paris, 1999.

55 같은 책

56 J.-C. BAUDOT et Sylvie RAU, *Le Père Noël par le père Noël*(산타클로스에 의한 산타클로스), Glénat, Bruxelles에 대한 Jacques SEGUELA의 서문

57 Daniel ARONSSOHN, L'économie de la séduction(유혹의 경제), *Alternatives économiques*, n° 190, mars 2001, p. 61; Éric VERNETTE, *La Publicité. Théories, acteurs et méthodes*(광고. 이론, 주역 및 방법), *op. cit.*, p. 9.

58 Naomi KLEIN, *No Logo*(상표 반대), *op. cit.*, première partie.

59 Michael MOORE, *Mike contre-attaque!*(마이크가 반격한다!) La Découverte, Paris, 2002, p. 124-130; Florence AMALOU, *Le Livre noir de la pub. Quand la communication va trop loin*(광고의 흑서, 커뮤니케이션이 도를 넘어설 때),

Stock, Paris, 2001, p. 104. (Le livre blanc은 백서白書를 의미하는데, le livre noir 흑서黑書는 최근 조어로서 부정적인 면을 강조한다 — 옮긴이)

3장 그리고 자본주의는 광고를 창조했다

60 Bernard BROCHAND et Jacques LENDREVIE, *Publicitor*(광고업자), *op. cit.*, p. 6.

61 Bernard CATHELAT, *Publicité et société*(광고와 사회), *op. cit.*, p. 57.

62 같은 책, p. 58.

63 Jacques SÉGUÉLA, *Le Vertige des urnes*(투표함의 현기증), Flammarion, Paris, 2000, p. 34.

64 Lionel Jospin, *Ouest-France* 신문 2001년 9월 27일자 참고

65 Vance PACKARD *L'Art du gaspillage*(낭비의 예술), *op. cit.*, p. 26-28.

66 소련의 광고에 대해서는 *Advertising Age*, 12 mars 1979 참고

4장 소비자중심주의의 일반화

67 Jean BAUDRILLARD, *La Société de consommation*(소비 사회), Gallimard, coll. Folio essais, Paris, 1983, p. 114.

68 Stuart EWEN, *Consciences sous influence*(지배당한 의식), Aubier Montaigne, Paris, 1983, p. 65에서 인용

69 John Kenneth GALBRAITH, *Le Nouvel État industriel*(새로운 산업국가), Gallimard, Paris, 1979, 3e éd, p. 245.

70 Henri LEFEBVRE. *La Vie quotidienne dans le monde moderne*(현대의 일상생활),

Gallimard, Paris, 1968, p. 133.

71 Stuart EWEN, *Consciences sous influence*(지배당한 의식), *op. cit.*, p. 28 참고. 다음에 나오는 모든 인용문은 이 책의 전반부에서 인용

72 Joachim MARCUS-STEIFF, Publicité(광고), *art. cit.*, p. 427.

73 Bernard CATHELAT, *Publicité et société*(광고와 사회), *op. cit.*, p. 61-63 et p. 138.

74 Vance PACKARD, *L' Art du gaspillage*(낭비의 예술), *op. cit.*, p. 214에서 인용

75 Jean BAUDRILLARD, *La Société de consommation*(소비 사회), *op. cit.*, p. 79 et 80.

76 Jacques SÉGUÉLA, *L' Argent n' a pas d' idées, seules les idées font de l' argent*(돈에는 아이디어가 없고, 단지 아이디어만이 돈을 번다.), Le Seuil, Paris, 1993.

77 2003년 10월 21일 CM.IT 회의에서의 Georges Chetochine의 발언

78 www.emagazine.com/may.june_1996에서 인용

79 Maurice LÉVY (Publicis), Désir de relance, relance par le désir(활성화하기 위한 욕망, 욕망에 의한 활성화), *Le Monde*, 18 février 2004.

80 Gérard LAGNEAU, *La Fin de la publicité. Essais sur la communication institutionnelle*(광고의 종말. 제도적 커뮤니케이션에 관한 시론), PUF, Paris, 1993 참고

81 Éric VERNETTE, *La Publicité. Théories, acteurs et méthodes*(광고. 이론, 주역 및 방법), *op. cit.*, p. 29.

82 Stuart Ewen, *Consciences sous influence*(지배당한 의식), *op. cit.*, p. 53.

83 Jean-Claude BUFFLE, *N…… comme Nestlé, le lait, les bébés et la mort*(네슬레라고 쓸 때의 N, 우유, 유아들 그리고 죽음), Alain Moreau, Paris, 1986.

84 Bernard CATHELAT, *Publicité et société*(광고와 사회), *op. cit.*, p. 91.

85 Florence AMALOU, *Le Livre noir de la pub*(광고 흑서), *op. cit.*, chap. 2.

86 Éric VERNETTE, *La Publicité. Théories, acteurs et méthodes*(광고. 이론, 주역 및 방법), *op. cit.*, p. 10; *Courrier International*, n° 686-687, 24 décembre 2003, p. 31에 번역된 *New Scientist*의 기사에 의해서 인용된 연구 참고

87 Armand MATTELART, *L' Internationale publicitaire*(광고업자 인터내셔널), *op. cit.*, p. 181.

88 Bernard CATHELAT, *Publicité et société*(광고와 사회), *op. cit.*, p. 72.

89 Jacques LENDREVIE et Denis LINDON, *Mercator*(상인), *op. cit.*, p. 449-450.

90 Adolf HITLER, *Mon combat*(나의 투쟁), Nouvelles Éditions latines, Paris, 1982(독일어 초판, 1925), chap. 6; Willi A. BOELCKE (éd): Wollt Ihr den totalen Krieg?(당신은 전면전을 원하십니까?) *Die geheimen Goebbels-Konferenzen 1939-1943*, DTV-Dokumente(괴벨스 강연집, 1939-1943, DTV-다큐멘트), München, 1969, p. 18-19.

91 Peter REICHEL, *La Fascination du nazisme*(나치즘에의 매혹), Odile Jacob, Paris, 1993, p. 148.

92 Max HORKHEIMER et Theodor W. ADORNO, *La Dialectique de la raison*(이성의 현상학), Gallimard, Paris, 1974(초판, New York, 1944), p. 170-172.

93 대부분의 직업적인 교재와 저서에 이렇게 소개되어 있다. Bernard BROCHAND et Jacques LENDREVIE, *Publicitor*(광고업자), *op. cit.*, p. 116 및 이하, Bernard CATHELAT, *Publicité et société*(광고와 사회), *op. cit.*, chap. III.

94 Bernard CATHELAT, *Publicité et société*(광고와 사회), *op. cit.*, p. 113에서 인용된 M. Bideau의 1951년 발언

95 Vance PACKARD, *Persuasion clandestine*(은밀한 설득), Calmann-Lévy, Paris, 1958, p. 11.

96 Ernst DICHTER, *La Stratégie du désir*(욕망의 전략), Fayard, Paris, 1961.

97 Marie-Françoise HANQUEZ-MAINCENT, *Barbie, poupée totem*(토템과 같은 숭배의 대상이 된 바비 인형), Autrement, Paris, 1998, p. 85.

98 Bernard CATHELAT, *Publicité et société*(광고와 사회), *op. cit.*, p. 118.

99 1920년대 영향력 있는 광고업자인 헬렌 우드워트의 말. Stuart Ewen, *Consciences sous influence*(지배당한 의식), *op. cit.*, p. 88에서 재인용

100 Bernard CATHELAT, *Publicité et société*(광고와 사회), *op. cit.*, p. 15에 인용된 Bernard BROCHAND의 말

101 Ruediger KUEHR et Eric WILLIAMS (éds), *Computers and the Environment: Understanding and Managing their Impacts*(컴퓨터와 환경: 컴퓨터의 영향을 이해하고 관리하기), Kluwer Academic Publications, United Nations University, Dordrecht (Pays-Bas), 2003.

102 Roland BARTHES, *Mythologie*(신화), Le Seuil, Paris, 1957, p. 216.

103 Bernard CATHELAT, *Publicité et société*(광고와 사회), *op. cit.*, p. 157.

104 Bernard CATHELAT et al., *Le Retour des clans*(부족의 귀환), Denoël, Paris, 1997, p. 76-78.

105 Bernard CATHELAT, *Publicité et société*(광고와 사회), *op. cit.*, p. 37.

106 Naomi KLEIN, *No Logo*(상표 반대), *op. cit.*, p. 87에서 인용

107 Claude BONNANGE et Chantal THOMAS, *Don Juan ou Pavlov*(돈 주앙 또는 파블로프), *op. cit.*, p. 55.

108 Alexis DE TOCQUEVILLE, *De la démocratie en Amérique*(미국의 민주주의에 대해서), vol. 1, Flammarion, Paris, 1981(초판 1835), p. 354.

109 Denis LINDON, *Le Marketing*(마케팅), *op. cit.*, p. 6 et p. 141.

110 Bernard CATHELAT, *Publicité et société*(광고와 사회), *op. cit.*, p. 50.

111 Monique DAGNAUD, *Enfants, consommation et publicité télévisée*(아이들, 소비

와 텔레비전 광고), La Documentation française, Paris, 2003 참조

112 Bernard CATHELAT, *Publicité et société*(광고와 사회), *op. cit.*, p. 234.

113 Benoıt HEILBRUNN, Du fascisme des marques(상표의 파시즘), *Le Monde*, 24 avril 2004.

114 Paul ARIES, *Putain de ta marque! La pub contre l'esprit de révolte*(망할 놈의 네 상표! 반항정신에 반대하는 광고), Golias, Villeurbanne, 2003, p. 10.

115 Alexis DE TOCQUEVILLE, *De la démocratie en Amérique*(미국의 민주주의에 대해서), vol. 2, Garnier-Flammarion, Paris, 1981, p. 385-386.

6장 위험한 관계

116 Bernard CATHELAT, *Publicité et société*(광고와 사회), *op. cit.*, p. 73.

117 Naomi KLEIN, *No Logo*(상표 반대), *op. cit.*, p. 83.

118 Éric VERNETTE, *La Publicité. Théories, acteurs et méthodes*(광고. 이론, 주역 및 방법), *op. cit.*, p. 74.

119 이 인용문과 앞 인용문은 Pierre PÉAN et Philippe COHEN, *La Face cachée du Monde*(르 몽드의 감추어진 면), Mille et une Nuits, Paris, 2003에서 인용

120 Florence AMALOU, *Le Livre noir de la pub*(광고의 흑서), *op. cit.*, chap. 2.

121 Christopher LASCH, *La Révolte des élites*(엘리트의 반항), Climats, Castelnau-le Lez, p. 168-169.

122 Guy DURANDIN, *Les Mensonges en propagande et en publicité*(선전과 광고에서의 거짓말), PUF, Paris, 1982, p. 12-13, 36 et 165.

123 Bernard BROCHAND, Bernard CATHELAT, *Publicité et société*(광고와 사회), *op. cit.*, p. 20 et 66; Jacques SÉGUÉLA, *Le vertige des urnes*(투표함의 현기증),

Flammarion, Paris, 2000, p. 12.

124 Florence AMALOU, *Le Livre noir de la pub*(광고의 흑서), *op. cit.*, p. 226에서 인용

125 Jacques LENDREVIE et Denis LINDON, *Mercator*(상인), *op. cit.*, p. 241.

126 Bernard CATHELAT, *Publicité et société*(광고와 사회), *op. cit.*, p. 20에 서문을 쓴 Bernard BROCHAND의 말 인용

127 Armand MATTELART, *L'Internationale publicitaire*(광고업자 인터내셔널), *op. cit.*, p. 53.

128 Jacques MERLINO, *Les Vérités yougoslaves ne sont pas toutes bonnes à dire*(유고슬라브에 관한 모든 진실을 말하는 것은 항상 좋은 것만은 아니다), Albin Michel, Paris, 1993, p. 125 및 이하

129 Serge HALIMI et Dominique VIDAL, *L'Opinion, ça se travaille… Les médias, l'OTAN et la guerre du Kosovo*(여론, 그것은 조작된다. 미디어, 나토 그리고 코소보 전쟁), Agone, Marseille, 2000.

130 Jacques SÉGUÉLA, *Fils de pub*(광고의 자식), *op. cit.*, ; *Le Vertige des urnes*(투표함의 현기증), *op. cit.*, p. 10 et 18.

131 Florence AMALOU, *Le Livre noir de la pub*(광고의 흑서), *op. cit.*, p. 213-227; Raphaëlle BACQUÉ, La valse africaine des 'communicants' français(프랑스 '언론담당자' 들의 아프리카 무도회), *Le Monde*, 28 novembre 1998.

132 Jürgen HABERMAS, *L'Espace public*(공공 장소), Payot, Paris, 1978.

133 Jacques SÉGUÉLA, *Le Vertige des urnes*(투표함의 현기증), *op. cit.*, p. 38.

134 *Stratégies*, n° 1317, 11 mars 2004, p. 47.

135 The pharmaceutical industry as a medicine provider(의료 제공자로서의 제약 산업), *Lancet*, n° 360, 2002, p. 1590-1595.

136 *Préscrire*, n° 243, octobre 2003, p. 712-714.

137 Philippe PIGNARRE, *Le Grand Secret de l'industrie pharmaceutique*(제약 산업의 엄청난 비밀), La Découverte, Paris, 2003, p. 150 및 이하

138 *International Herald Tribune*, 17 juillet 2001.

139 Ivan ILLICH, *Némésis médicale*(의학적 징벌의 여신, 네메시스), *Oeuvres complètes*, vol 1, Fayard, Paris, 2004, p. 585.)

7장 우리의 생활방식 때문에 세상은 죽어간다

140 Yves DUPONT(dir), *Dictionnaire des risques*(위험에 관한 사전), Armand Colin, Paris, 2003; 그림이 들어간 판본으로는 Laurent DE BARTILLAT et Simon RETALLACK, *Stop!* (정지!), Le Seuil, Paris, 2003.

141 Hannah ARENDT, *Le Système totalitaire*(전체주의적 체계), Le Seuil, Paris, 1972, p. 17.

142 Bernard CATHELAT, *Publicité et société*(광고와 사회), *op. cit.*, p. 36.

143 Ulrich BECK, *La Société du risque*(위험한 사회), Flammarion, Paris, 2001, p. 40.

144 Dominique MÉDA, *Qu'est-ce que la richesse?*(부란 무엇인가?) Flammarion, coll. Champs, Paris, 1999.

145 Jean GADREY, *Nouvelle Économie, nouveau mythe?*(신경제, 새로운 신화인가?), Flammarion, coll. Champs, Paris, 2000, p. 54.

146 Jean BAUDRILLARD, *La Société de consommation*(소비 사회), *op. cit.*, p. 46.

147 유전자 변형 농업은 확실히 '항상 더 파괴적인 미봉책이 불러온 무분별한 결과의' 필연적인 결말일 뿐이다. *Remarques sur l'agriculture génétiquement modifiée et la dégradation des espèces*(유전자 변형 농업과 종의 훼손에 관한 고찰), Éditions de l'Encyclopédie des nuisances, Paris, 1999, p. 65-75.

148 Jean-Pierre BERLAN, *La Guerre au vivant, OGM et autres mystifications scientifiques*(생존자에 대한 전쟁, 유전자 변형 식품과 또 다른 과학적 속임수), Agone/Contre-Feux, Marseille, 2001.

149 Günther ANDERS, Le monde comme fantôme et comme matrice(허구와 주형鑄型으로서의 세상), *in L'Obsolescence de l'homme*, Éditions de l' Encyclopédie des nuisances/Ivréa, Paris, 2002(독일어 초판 : 1956).

150 20세기 초반의 이 신문은 이름 자체가 '소비자(*Le Consommateur*)' 였다. Luc BIHL, *Consommateur, réveille-toi!* (소비자여, 각성하라!) Syros, Paris, 1992, p. 22.

151 Roland BARTHES, *Mythologies*(신화), *op. cit.*, p. 225.

152 Stuart Ewen, *Consciences sous influence*(취한 의식), *op. cit.*, p. 38-39.

153 Maurice LÉVY, Désir de relance, relance par le désir(활성화하기 위한 욕망, 욕망에 의한 활성화), *Le Monde*, 18 février 2004.

154 Bernard BROCHAND et Jacques LENDREVIE, *Publicitor*(광고업자), *op. cit.*, p. 10.

155 Christopher LASCH, *Culture de masse ou culture populaire?*(대중문화인가, 통속문화인가?), Climats, Castelnau-le-Lez, 2001, p. 32.

156 Stuart Ewen, *Consciences sous influence*(지배당한 의식), *op. cit.*, p. 211.

157 Walter BENJAMIN, *Gesammelte Schriften*(전집), VI, Suhrkamp Verlag, Frankfurt am Main, 1982, p. 100.

158 Herbert MARCUSE, *L'Homme unidimensionnel*(일차원적 인간), Minuit, Paris, 1968.

159 Bernard CATHELAT, *Publicité et société*(광고와 사회), *op. cit.*, p. 32; Jacques SÉGUÉLA, *Hollywood lave plus blanc*(할리우드는 더 희게 세탁한다), Flammarion, Paris, 1982, p. 223-236.

160 *Enragés et situationnistes dans le mouvement des occupations*(점거운동의 열성주의자들과 상황주의자들), Gallimard, Paris, 1998(초판 1968), p. 241에서 볼 수 있는 카탈로그

광고의 불편한 진실

2009년 12월 30일 초판 1쇄 발행
지은이 마르퀴즈 그룹 **옮긴이** 신광순

펴낸이 이원중 **책임편집** 김재희 **디자인** 이유나
펴낸곳 지성사 **출판등록일** 1993년 12월 9일 **등록번호** 제10－916호
주소 (121－829) 서울시 마포구 상수동 337－4 **전화** (02) 335－5494～5 **팩스** (02) 335－5496
홈페이지 www.jisungsa.co.kr **블로그** blog.naver.com / jisungsabook **이메일** jisungsa@hanmail.net
편집주간 김명희 **편집팀** 조현경, 김재희, 김찬 **디자인팀** 이유나, 박선아 **영업팀장** 권장규

ISBN 978-89-7889-205-6 (03810)

잘못된 책은 바꾸어드립니다. 책값은 뒤표지에 있습니다.

이 도서의 국립중앙도서관 출판시도서목록(CIP)은 e-CIP 홈페이지(http://www.nl.go.kr/ecip)에서 이용하실 수 있습니다.
(CIP제어번호: CIP2009004129)

PRODUCTION
End
SCENE
TAKE